U0024573

掟上今日子的備忘錄

西尾維新
NISIOISIN

譯／緋華璃

目次

第一話

一、初次見面啊，今日子小姐

1

「不許動！我們之中有小偷！」

笑井室長的怒吼響遍了整間研究室——與那令人莞爾的名字相反，笑井室長擁有重低音般的音色。

「所有人都不許離開這個房間半步！」

笑井室長繼續扯著大嗓門，歇斯底里地咆哮著。

他那股與其說是一群警察破門而入，更像強盜殺了進來的迫力，嚇得我反射動作地舉起雙手。要不是地上亂七八糟，我肯定會立刻當場趴下，雙手交叉抱住後腦勺吧！其他人的反應雖然不像我這個膽小、又是隻菜鳥的傢伙這麼明顯，但是也都差不多——全都停下手邊的工作，一臉詫異地看著笑井室長。

「笑井室長，怎麼了？」

沒多久，率先丟出問題的，是和他認識最久——換句話說，也是最習慣他那充滿壓迫感重低音的百合根副室長。不過，笑井室長此時此刻的言行舉止顯然過於蠻橫，就連百合根副室長似乎也覺得不太對勁，平常總是很冷靜的她看起來有些困惑。

「備份資料不見了！被偷走了！」

笑井室長幾乎是呼天搶地地回答。

備份資料不見了。

這實在太匪夷所思，我一時半刻反應不過來這句話的意思。然而包括百合根副室長在內的其他三人倒是立即就意會過來，各自露出驚訝的表情，從椅子上站起來——不過這又刺激到笑井室長的神經。

「不是叫你們不許動嗎？」笑井室長依舊在跳針。

「不見了……仔細找過了嗎？」

譽田先生面色凝重地說，心不甘情不願地坐回椅子上。姑且不論他原本就和笑井室長不太對盤，莫名其妙懷疑工作上的伙伴，對於這種上司很難不心生反感吧！

「備份資料都存在記憶卡裡不是嗎？會不會不小心掉在桌子底下……」

被這麼一說，笑井室長還真老實地檢查起自己的腳下……整個室內雜亂無章，尤其是每個人的桌子四周，更是集各種混亂之大成，所以像記憶卡那種體積輕薄短小的物體一旦掉進去，的確沒辦法馬上發現。

反過來說，笑井室長老實照著譽田先生——譽田英知研究員說的話做，等於是暴露出自己在被人提醒之前都沒有檢查過腳下，就大聲嚷嚷起來了。既然如此，只要能在他桌子底下找到不見的記憶卡，大家雖然一肚子氣，還是可以把這件事歸咎於他小題大作的老毛病，當成一個笑話來笑笑就算了。只可惜，天不從人願。

「還是沒有！想也知道不會有，因為是被偷走的！」

笑井室長更生氣了。浪費了寶貴時間，似乎對他起了火上加油的反效果。

「怎麼這樣……你的意思是說我們之中有人偷了記憶卡嗎？好過分……」

岐阜部小姐一臉哀傷地說道，看表情似乎真的快要哭出來。我內心雖然充滿了想上前去安慰她的衝動，但遺憾的是，能猜到接下來發展的我，實在無暇去顧慮岐阜部研究員的情緒。

「啊……不是，可是東西就真的不見了！剛才明明都還放在這裡的！」

岐阜部小姐表現出不同於譽田先生，意在言外的抗議，令笑井室長瞬間龜縮了一下，但他還是堅持自己的觀點，半步不讓。

就算不是掉在桌子底下，他也依舊沒有半點認為可能是自己搞錯的念頭——我不想說自己雇主的壞話，尤其是願意雇用我這種人的笑井室長，我對他簡直感激不盡。問題是，這個人就是這點傷腦筋，一旦認定是這樣，便完全不做他想。

笑井室長的偏執也可說是某種天才特質，而他也確實交出就是要靠著那天才偏執才能達成的研究成果，否則上頭也不會把一個研究室交給他。比較可憐的是周遭的人經常被他耍得團團轉。

「那就大家一起找吧！室長，這樣可以嗎？」

百合根副室長提議。

「可能是不小心掉到哪裡去了也說不定……大家分頭找的話，就一定能找到的。」

「……好吧！不過在找到以前，誰也不准離開這個房間。」

笑井室長點點頭，一副千百個不願卻又不得不妥協的樣子。之後的整整一個小時，我們五個人都放下手邊的工作，將研究室裡的每一個角落都翻找過了，只可惜一無所獲。如果說因為這個預料之外的狀況，讓我們把亂七八糟的研究室大掃除一遍算是收穫的話，倒也不是完全沒有收穫。問題是這種收穫並不能讓六神無主的笑井室長冷靜下來。

事情發展到這個地步，也不能一味地指責沒頭沒腦就對同事大呼小叫的笑井室長。因為事實上，存放研究數據備份的記憶卡的確不在房間裡。先把「小偷」這種未審先判的字眼擱到一邊，重要的記憶卡的確遺失了。就連本來最討厭整理的笑井室長本人也參加搜尋活動，就看得出事情的嚴重性。

「可、可是，不見的只是備份資料不是嗎？只要原始檔案還好端端地在室長的電腦裡……」

譽田先生安撫的話還沒說完，就被笑井室長毫不留情地打斷：「不管是備份還是正本，一旦外洩就完了！」

這一說使得譽田先生也只能無言以對。

沒錯，這就是問題所在。

存在憑空消失的記憶卡裡的資料，是被歸類為所謂的機密檔案——大概吧。身為菜鳥的我不是很清楚，但正因為是機密檔案，這個笑井研究室，乃至於整個更級研究所的警衛與管理體制才會如此戒備森嚴。

即便只是備份資料，也不是「幸好還有原始檔案」這樣就能夠了事。

「快給我報上名來！到底是誰偷走的？現在坦白招認，我還可以放你一馬！」

雖說天底下是不會有小偷因為這樣就報上名來的，但笑井室長在撂下話之後，就狠狠瞪著座位離他最近的我。

「別這樣，室長。都已經找成這樣還找不到，就表示備份資料是真的不見了，但也不能因為這樣就懷疑起身邊的同事……」

百合根副室長邊說邊憂心忡忡地看著我。

「就是說啊！再怎麼說，我們也一起工作了這麼長的時間，請不要說出這麼不近情理的話……雖然身為助手的他是個才來兩個月的新人。」

譽田先生說著聽似反對笑井室長的言論，可是最後仍然將矛頭指向我。

「總而言之，大家再好好地把研究室找一遍吧！明明沒有證據卻懷疑他人是很不好的。所謂罪疑唯輕（註：有爭議或有所懷疑時，傾向於做出對被告有利之推定），大家明白嗎？不管他再怎麼可疑，我們沒有證據就不該懷疑他。」

岐阜部小姐講到最後，像是鼓起了勇氣似地走到我面前，對著上司曉以大義——然後對我拋來一個「別擔心」的眨眼。

總之所有人都看著我。

所有人都懷疑我。

只有岐阜部小姐一個人為我說話，但在這種情況下為我說話，和懷疑是我幹的其實也沒什麼太大的差別。

「啊、呃、唔——請」

我的聲音顫抖著，身體也顫抖著。在所有人的注視下，一句話也說不出來——儘管如此，我還是努力地擠出該說的話。一如所有行使自己的權利，說要找律師的嫌犯那樣。

「請、請讓我找偵探來幫忙！」

2

……在推理小說讀者之間，有這麼一個已經連笑話都說不上，只能當作是老生常談的說法——「和對我懷有殺意的兇手一同出遊，總比跟著對我抱持好意的名偵探一起旅行來得安全得多」。

這話雖是在挖苦不管走到何處都會被捲入光怪陸離的案件，在人生中老是巧遇無數凶惡犯罪的名偵探，但也算是種有愛的調侃。且即便如此，名偵探們面對這些走到何處都會被捲入的光怪陸離案件、老是巧遇的無數凶惡犯罪時也總能夠順利解謎破案，光是這點就非常了不起。

請大家想像一下。

假設有個只會無端被捲入光怪陸離案件、只會無端巧遇無數凶惡犯罪，其他什麼都不會的人——這種人才是「最不想跟他一起旅行」的第一名吧！

那個人就是我。

不，還不只是這樣。

不只是這樣的我——隱館厄介，還會被當成光怪陸離案件與無數凶惡犯罪的禍因……被懷疑是犯人、被誤認為嫌犯、被當成主謀、被視為幕後黑手。

小學的時候，班上只要一有東西不見，不是就有人會莫名其妙地被大家當成犯人嗎？那個他或是她，正是過去的我。當他或是她，就這麼長大成人又會過得如何呢？我一直在用我的人生回答著這個問題。

雖然沒什麼好拿來說嘴的，但我從小便經歷了各式各樣的麻煩……每次都會變成我的錯，是我不好，大家都怪我，每個人都恨不得把我吊起來打。

但我坦白說，那一切都是子虛烏有的懷疑、都是欲加之罪、都是我壓根兒沒做過的不白之冤。當然，我也不是什麼聖人君子，更沒打算強調自己是潔身自愛的好男人，但我這輩子從未做過任何愧對上蒼的事——至少我是這麼想的。可是不知為何，每次每次，不管發生什麼事，被懷疑的總是我。

從學生時代便是如此，出社會以後更是變本加厲——就因為在職場上老是發生這種慘劇，害我只能一直換工作。如果是因為被懷疑做了壞事而遭到解雇還好，還曾經發生過大部分的員工全都下落不明，導致公司也開不下去的悲劇。當然我那時也被列為重要關係人，接受了警方偵訊。

也不知道是真是假，我甚至聽說在那事件之後，就有公安警察隨時監視我的動向——若稅金真是如此投注在我這既無內幕也沒背景的平庸男人身上，實在是沒比這更讓我感到對不起黎民百姓，但我自己也是無可奈何。

也有人說是因為我魁梧的身型和懦弱的態度才招來懷疑，但又不是我自願長到一百九十公分高的，我也不喜歡自己魁梧身軀底下這種軟弱的性格。如果案件發生是因為我是什麼重要人物，有人想要我的命也就算了，但我充其量只不過是個小配角。

既不是知名偵探也不是著名要犯，更不是怪盜紳士。

若以推理小説為例，我是連名字都不會出現在登場人物表上，只是好死不死地剛好路過現場的路人甲。懷疑我根本只是浪費時間，而就算我真的是兇手，作者也肯定要背上訊息揭露不實的罵名。

然而，當「好死不死」重複十萬次之後，任誰都會覺得這傢伙有問題——老實說就連我也這麼想（順帶一提，十萬次這數字絕對非灌水誇大之詞）。如此這般，我愈來愈容易由於風吹草動就遭到懷疑，也因此愈來愈在意別人的目光視線，使得我的態度舉止又更加畏畏縮縮——然後看來更可疑。

真是惡性循環。

既然宿命如此，那也只能認命，但生活在這最看重人與人之間的關係、最著重人們彼此互相信任的現代社會裡，這實在是有夠苦命。

話雖如此，正所謂天無絕人之路——為了維持生活中最基本的健康與文化，我也只能自己保護自己。

而我用來自保的方法，就是雇用偵探。

與名偵探的熱線電話——我的手機裡裝滿了在有事之時可以求助的偵探

聯絡電話。就像小說和連續劇那樣，我一再提供取之不盡，用之不竭的懸案給平常沒什麼機會遇到謎團的偵探們。

亦即所謂的需要與供給。我是他們的常客、好客人、大客戶——不過這也沒什麼好拿來說嘴的就是了。

關於這次禍從天降的笑井研究室備份資料遺失案件，我選了置手紙偵探事務所的所長——名偵探掟上今日子小姐為我洗刷冤屈。

今日子小姐是我認識的名偵探中最優秀的名偵探——才怪，最有名的名偵探——也不是。她既不是破案率百分之百的名偵探，也不是隸屬於大型組織底下的名偵探（置手紙偵探事務所是一家個人事務所）。不怕各位誤會，她是位非常特別的女性，也絕不是好相處的人。但是考慮到諸多條件，這次也只能拜託今日子小姐了。

因為就我所知，她是「最快」的名偵探——雖然就連「最快」二字也不足以形容她身為偵探的特質。

掟上今日子。

代表她的標語是——「忘卻」。

3

「呃……不好意思，請問這裡是笑井航路先生的研究室嗎？」

緊接在敲門聲之後，門外傳來小心翼翼的詢問聲。百合根副室長解除門鎖，今日子小姐走了進來。

個子嬌小，穿著樸素，再加上修剪整齊的一頭白髮，遠看還以為是位老婆婆出現了，但今日子小姐與我同年，都只有二十五歲。走近一看，馬上就發現今日子小姐年輕貌美、芳華正盛。

身為偵探事務所所長，可說是一國一城之主的她，和經常找不到工作，再這樣下去無疑會被這家更級研究所開除的我，唯一的共通點大概就只有年齡相仿了吧——我不管三七二十一地衝上前去。

「今日子小姐！」

我大聲嚷嚷。

「得救了，謝謝你願意來！好久不見，你看起來這麼有精神真是太好了！在這種情況下或許不該這麼說，但是我很高興再見到你！但倘若不是在這種情況下見面，我會更高興……」

我激動地想要握住她的手，卻被今日子小姐不動聲色地躲開了。

「初次見面，那個……請問您哪位？」

將大門再度鎖上的百合根副室長，驚奇地看著今日子小姐的反應——這也難怪，因為我大張旗鼓找來幫忙的名偵探，對我的態度卻彷彿初次見面的陌生人。

不過，這是我的錯。我清清喉嚨，向她自我介紹。

「我、我是委託人，敝姓隱館，隱館厄介。以前多次受到今日子小姐的照顧。」

口頭說明之外，我還拿出駕照給她看——這種舉動或許是有點超過，但現在時間就是金錢。

今日子小姐看了看我和駕照上記載的內容，只似乎沒啥感觸地說了句：「這樣啊。」雖然對我而言的確是「久別重逢」，但是對她這位忘卻偵探來說卻僅是「初次見面」，要求她能感觸良多的想法才是不應該。

「那麼，請容我自我介紹，我是置手紙偵探事務所的所長——掟上今日子。這次……是『這次也』嗎？這次也承蒙你的關照了，隱館先生。」

今日子小姐說完，遞給我一張名片。這已經不知道是第幾次從她手中接過名片了。

接著她便在研究室裡到處移動，依序向笑井室長、百合根副室長、譽田研究員、岐阜部研究員寒暄。「我是掟上今日子。」「我是掟上今日子。」她和他們明明是第一次見面，卻能夠準確無誤地依照職位高低交換名片，真是太了不起了。譽田先生和岐阜部小姐雖然職級相同，但譽田先生確實比岐阜部小姐早一年進公司——然而他們年齡一樣大，在尚未交談的情況之下應該不可能知道是譽田先生較資深。

和所有人打過招呼後，今日子小姐回到我身邊，溫和平穩地對笑井室長說：「我已聽說整件事情的來龍去脈，所以只要找出在這個房間裡進行的研究所得資料備份記憶卡就好嗎？也就是說，委託內容是尋找失物。」

從發現記憶卡不見到現在也過了兩小時左右，心情雖然已多少冷靜下來，但似乎仍堅持研究室裡有「內賊」的笑井室長答道。

「不只如此，你也要找出是誰偷走記憶卡。」

「這樣呀。不過，是誰並不重要吧？」

今日子小姐故作糊塗說道。她還是老樣子——不對，這個人永遠只會是老樣子。就算性格產生變化，也會馬上恢復原狀。

「重要的應該是防止資料外洩……」

「別開玩笑了！哪還能跟叛徒一起工作啊！」

室長的怒吼把我嚇得不住發抖，倒是今日子小姐一臉從容不迫的模樣，頂多只是縮了縮肩膀。恐嚇威脅對這個人是不管用的。從她偵辦那讓我畢生難忘的「拔錨事件」之時，縱使被貨真價實的機關槍抵著，連眉頭也不皺一下的反應就能看出端倪——雖然她本人已經不記得了。

「我明白了。只不過，原本隱館先生委託我的工作是洗清他的嫌疑——萬一隱館先生就是犯人，要把他揪出來會使我損害委託人的權益。」

你說這什麼話呀？今日子小姐——我心想，但也就只是想想。

的確，從事必須對一切存疑的偵探業，她這樣表明立場也是很正常的——好吧，比起只懷疑我一個的人，會懷疑所有人的人在相較之下還算是好些。

「……你的意思是如果犯人是隱館，你就做白工了對吧？要是那樣，我想就由研究所支付酬勞給你。」

百合根副室長慎重地說道。人生一路走來想必總是正經八百的她，大概只會把偵探當作是種可疑職業吧。

「那並不公平。若是讓我找到犯人，也就是證明備份資料之所以不見，是由於各位之中的某人惡意造成的結果，費用就一律由研究所負擔如何？」

雖然今日子小姐的口吻還挺溫和，聽來感受不到什麼銅臭味，但這其實是非常嚴肅的金錢話題——不愧是個人經營的職業偵探，果然錙銖必較。

被關在密室裡的我，這狀況下連訂金都無法預付。在她看來，以研究所作為請款對象，應該比向我這種毛頭小子要錢來得有保障多了。

百合根副室長用眼神請示笑井室長。

「好吧。」

笑井室長一臉不情願，但也是同意了。

「可是，要是無法解決的話……」

「那當然是分文不取。敝公司一直以來都是用這樣的方式在運作。」

要做出成績才收錢呢——今日子小姐微笑答道。她的笑容實在讓我感到無比安心——當然，一切尚未解決，要放心還太早，畢竟今日子小姐並不是沒有失敗紀錄的萬能偵探。

「話說回來……你真的沒問題嗎？」

譽田先生有些粗魯地向今日子小姐問道。與其說是針對今日子小姐，應該單純只是他已被關在這個房間超過兩小時，心情焦躁難耐吧。雖然大家也都一樣被軟禁著，但譽田先生卻是僅次於笑井室長的沒耐性。而且他最傾向認為是和自己不對盤的笑井室長不小心把記憶卡搞丟的——所以想必對眼前的狀況感到非常不滿。

「是因為隱館再三保證你不會有問題，才放你這個局外人進來的……我到現在還是不太贊成偵探在這到處都有機密事項的房間裡東摸西摸的。」

「請不用擔心，如你所見，我既沒帶智慧型手機，也沒有帶數位相機。」

今日子小姐攤開雙手。

她似乎在研究所的入口已經被搜過身了。

「而且……我在今天的所聽所見，到了明天就全部忘得一乾二淨了。」

4

無論什麼案件都會在一天以內解決。

這是置手紙偵探事務所的最大賣點。我起初就是被這句文案吸引，在被捲入那件奇怪的「多體問題事件」時找上門的。但是我很快就發現，那並不是「最快的偵探」的廣告詞，而是她身為「忘卻偵探」的注意事項。

名偵探——掟上今日子。

她的記憶會每天重置。

套用醫學用語應是屬於順行性失憶（註：指受傷後的記憶殘破不全的狀態，亦即想不起來發生記憶障礙後的所有事、無法記住新事物的症狀）的一種吧。簡而言之，不管她調查過什麼、聽取過什麼，只要一覺醒來便會忘得一乾二淨。

無論對方是誰，無論發生什麼事。

只能不斷反覆著初次見面與初次體驗。

就無法處理需要長期抗戰的案件這點來看，這種體質身為偵探實在相當要命。但反過來想，她也擁有其他偵探難以望其項背的壓倒性優勢，那就是她能毫無罣礙地介入任何機密事項。

反正之後會忘記。

沒有比「不記得」更能確實執行身為偵探的職業道德，也就是保密義務的方法了。因此凡是有不可告人的煩惱、絕對不能曝光之祕密的委託人，都會找上她的事務所。

置手紙偵探事務所原則上不接受一天以內無法解決的委託，也因其忘卻的性質而不接受任何預約，這種作法也在業界獲得褒貶不一的評價。但多虧如此的經營型態，我才能像今天這樣，即使是臨時求助也能得到幫助，所以在我的排行榜裡，她絕對是排名前五的名偵探。

笑井室長起初很害怕情報會外洩，也擔心外面的人會知道這醜聞，所以不太願意找偵探來幫忙，是我極力主張完全不用擔心這個問題——騙人的，其實是在我語無倫次地哀求之下才勉強答應的。

今日子小姐針對這一部分進行流暢的說明。

「為了調查需要，我會依照順序一一請教各位一些問題，但請不用擔心，不管我聽到什麼、看到什麼，只要一覺醒來我就會忘得一乾二淨。確定收到款項之後，也會把收到的名片還給各位。我與各位見過面的事實，到了明天就會消失無蹤……至少會從我心裡消失的。」

「……」

岐阜部小姐一臉匪夷所思地看著笑容可掬、侃侃而談的今日子小姐——

這是正常的反應。不管置身在什樣的情況下，若有人說我明天就會把你忘記，沒有人會覺得很開心——但是對於今日子小姐來說，她不過是在陳述一項事實罷了。

我也不例外。

老實說，每見面一次就得到一句「初次見面」真的很心酸——尤其對方是像今日子小姐這樣漂亮的女性就更加悲哀了。

笑井室長將雙手環抱在胸前。

「我明白了。掟上小姐，尋找犯人這件事就交給你全權處理了，想知道什麼隨你問。不過，這研究室裡有不少給外行人隨便亂碰會很麻煩的東西。當你需要拿什麼東西的時候，請務必得到其他人的首肯。」

「沒問題。嗯……時間緊迫，就趕快開始吧！可以借我一處向每個人問話的地方嗎？像小房間之類的是最為理想。」

「小房間？那可不行。不能讓犯人離開這個房間。一旦讓犯人出了研究室，資料可能也就跟著外洩出去了。研究所裡並不是每個地方都像這房間一樣可以隔絕網路和手機的訊號。」

「但是這樣的堅持並不實際。強迫他人不吃不喝連廁所都不給去，已經等同監禁了。在這種情況下取得的證詞是不具法律效力的，因為這跟以暴力逼供沒兩樣。」

笑井室長半步不讓，今日子小姐也打死不退。在有些偏心的我看來，以笑容堅持己見的今日子小姐顯然占了上風。

「我會負責監視接受詢問的對象，不讓他們做出任何奇怪的舉動，離開房間時也會先對他們進行搜身檢查，這樣總行了吧？」

「……好吧！就這麼辦。」

笑井室長一聽她這麼說，就立刻同意了。

他之所以會接受今日子小姐的建議，大概是因為這麼一來就有藉口進行打從一開始就想做的搜身檢查吧！

直到剛才，在房間裡有兩位女性的情況下，實在無法說要搜身就搜身，但是若由第三者，而且還是女性的今日子小姐來提議，就可以大方執行了。

雖說沒有人會比這輩子蒙受過無數次不白之冤的我更能體會不該隨便懷疑別人的道理，但在把整個房間都翻過一遍還找不到的情況下，再加上不見的是一張輕薄短小的記憶卡，我也得說被誰藏在身上的可能性不可謂不高。

「那我就找一間小會議室讓你自由使用吧！不過，掟上小姐，你可要記住，即使搜身時沒有搜出任何東西，在訊問時也要全程緊盯對方！」

「交給我。」

今日子小姐微笑頷首。

「我會謹記在心。別擔心，我的記性算好的——就一天以內的話。」

5

於是今日子小姐的偵探活動開始了——時刻為下午四點。雖說任何案件都要在一天內解決，卻也不是完整的二十四小時，而是到「今日子小姐睡著以前」。

就我所知，今日子小姐擁有早上六點起床、晚上十一點就寢這種極為健康的生活習慣——把這一點也考慮進去的話，這次能夠花在調查上的時間，最多也就只有十二個小時。

雖然只是要找出一枚不見的記憶卡可說是非常簡單的「日常之謎」，但是裡頭的資訊非常龐大，而且具有高到令人跌破眼鏡的價值，所以也不是日常生活中隨處可見的小事。倘若追究起責任問題，別說是我，就連笑井室長也會被炒魷魚吧！最壞的情況是整個更級研究所都要面臨存亡的危機。一思及此，不管笑井室長再怎麼呼天搶地，都不是能夠期待在一天之內解決的案件——應該要非常慎重、按步就班地調查記憶卡的去向。

話雖如此，但是對於在沒有任何證據的情況下，只因為還是菜鳥（頂多再加上形跡有點可疑）就受到懷疑的我而言，是沒有立場說三道四的——為了證明自己的清白，必須全力以赴。

而可悲的是必須要靠別人全力以赴。

要是我有身為偵探的本事……我也不是沒有過這樣的夢想，只可惜，我這個人有自知之明，深知自己只是個小小小配角。

尤其是在近距離目睹過今日子小姐的才能之後，我就更明白了——像她儘管只能維持一天的記憶，背負著光是要過日子都很困難的宿命，依舊能成為一位大名鼎鼎的出色偵探，這樣的人才稱得上人們口中的主角。

「那麼，最後輪到你了，隱館先生，麻煩你了，這邊請。」

今日子小姐與第四個接受偵訊的百合根副室長一起回到研究室裡，對我招手說——至此，笑井室長、岐阜部小姐、甕田先生、百合根副室長皆已依序接受了今日子小姐的問話。

我不明白這個順序代表什麼意思——因為既不是依照階級，也不是依照年齡，或許根本什麼意義也沒有。只不過，把我排到最後一個，顯然是有她的用意吧。

「等一下。」當我正要走向走廊的時候，被甕田先生攔住了。「由掟上小姐來為隱館搜身不太好吧？畢竟他們是雇佣關係。」

這種說法雖然有點故意找我麻煩的味道，但也挺有道理的。在沒有證據的情況下，身為能明辨是非的大人，想必他也不是打從心底懷疑我，只是仍難以拭去心中的疑慮罷了。

抵抗他也是浪費時間，我只好敷衍地回答：「好吧！那你們大家都來搜我的身好了。」我深知在這時表現出彆扭的態度，只會加深大家對於我的不信任而已。

兩位女性雖然敬謝不敏，但仍由譽田先生，還有承蒙笑井室長親自為我搜身——結果證明我是清白的。

這是當然，我如釋重負地要往走廊去，但今日子小姐卻不讓我過。

「那個……我還沒檢查。」

真是做事一板一眼的人啊……

要她輕易相信對她而言算是初次見面的我，也是強人所難，我只有老實照辦——與笑井室長和譽田先生不同，她搜起身來動作俐落且都掌握住重點。

「好了，沒問題。那麼請往這邊走。」

今日子小姐將我帶到小會議室。我幾乎沒去過笑井研究室所在樓層以外的地方，所以這還是我第一次走進這個小會議室。

但說是小會議室，那房間的確更像是偵訊室（我去過「真正」的偵訊室好幾次了）——能與今日子小姐兩人孤男寡女待在這麼狹小的房間裡，害我心裡有點小鹿亂撞。

然而，這只是我一廂情願的妄想而已，站在對方的立場，與初次見面、來路不明、形跡可疑的彪形大漢兩個人待在這麼狹小的房間裡，應該不是件值得開心的事。不過今日子小姐完全沒表現出一絲絲的不滿，看起來非常坦然的模樣。

「隱館厄介先生，接到你打來的電話時，已經聽你說過大致上的情況了，請容我再請教幾件事。」

今日子小姐迅速地切入正題。時間對她而言，比起我們一般人的感覺更是寶貴好幾萬倍。若說我們的一生相當於她的一天，也絕不誇張。

「隱館先生和我以前雖然見過好幾次面，但是現在請你先把這件事擱到一邊。也請不要提及往事，畢竟你所知道的我，我都不知道。」

這種刻意保持距離的開場白令我有些感傷，但我仍告訴自己這也是莫可奈何。這才是忘卻偵探——掟上今日子。

「隱館先生從什麼時候開始在這家更級研究所上班的？」

「大約兩個月以前，以助手的身分受到雇用。雖說是助手，但我沒有任何的專業知識，做的都是一些整理資料、泡茶、倒垃圾……和打雜沒兩樣的工作。」

話說著說著愈來愈像藉口是我的壞習慣。過去的人生受到太多冤枉，結果把我塑造成一個容易滿口是理由的人。不過，我現在之所以會失去冷靜，或許不是因為受到懷疑，而是被今日子小姐目不轉睛地盯著看的緣故。

「總、總而言之，或許是因為我什麼都不懂，才會被雇用——而且也不能讓那些絕頂聰明的研究員來做這些瑣事吧。」

「原來如此。到了明天就會把一切忘掉的我之所以能得到信任、進行調查，也是同樣的道理呢！」

原本有點擔心自己的語氣是不是過於自憐自傷，但今日子小姐卻附和我的說詞。

我有一點點開心，心情也輕鬆了許多。

要把我和今日子小姐拉到同一個水平上來等量齊觀其實有點困難，可是我們受到雇用的決定性理由，就這點看來的確是有點類似也說不定。

「我上一份工作被開除，一下子找不到工作的時候，是一位人脈很廣的朋友把我介紹給笑井室長……我本以為在此就能一帆風順了。」

不，天曉得呢。

或許我心裡早就有數，總有一天會變成這樣——只是比我預計的早很多倒也是事實。

「那麼，我有個問題想請教隱館先生，在這之前我已經問過其他四個人很多問題，不過專業人士說的話，有很多都是我這個外行人聽不懂的……」

今日子小姐不做紀錄。既沒有錄音，也不拿筆記型電腦整理調查資料——她全都輸入到腦袋裡。因為若不這樣做，事情解決之後就無法當這件事沒有發生過。然而就算只有一天，口頭的偵訊內容也有五人份，能完全一字不漏地記下來，果然是記憶力驚人。

只是明天就會全忘光，真是矛盾。

「話說回來，這家更級研究所是在做什麼研究？」

「好像有很多研究主題的樣子……多半都是跟影像、視覺有關的樣子。因為是垂直性的組織，我很少聽到其他部門在研究什麼，不過笑井研究室負責的主要是立體影像的樣子。」

「的樣子」這三個字多到連我都覺得自己的證詞一點也不可靠，今日子小姐點點頭，重覆我說的話。

「立體影像嗎？」

「嗯。簡而言之就是3D技術……像是電影不就會用到這種技術嗎？」

「哦，那種要戴上眼鏡看的……」

今日子小姐邊說邊摸了摸自己戴的圓形鏡框。

「因為要在眼鏡上又戴眼鏡，我是不怎麼看的。」

就算看了也會忘記。

「笑井室長在研究的，是讓不管是誰、從不管哪個角度都不用戴眼鏡就能看見3D影像的技術喔！不過說到立體影像投影，好像又分成全像投影等各式各樣的技術……像是現在，一提到製作3D電影，就會想到要用特殊的攝影機拍攝，光是這樣就得花費龐大的預算，但是只要使用笑井室長開發的新技術，就能將預算控制在十分之一以下……」

這些全都是現學現賣，也是我個人的理解，所以也不確定這些說明有多少是正確的，不過今日子小姐似乎是覺得可以接受，頻頻稱奇。

「原來是這樣啊。不用戴上那種怪里怪氣的眼鏡就可以欣賞3D電影，真是太棒了。」

「……」

她口中怪里怪氣的眼鏡，指的到底是哪種眼鏡呢——該不會是那種貼著紅藍色玻璃紙的玩意兒吧？

我不確定今日子小姐的記憶在每次睡著醒來後究竟是被「還原」到什麼時候——每天失去一天份的記憶，聽起來並不會覺得失去很多，但這種情況如果持續一年的話，就等於失去了一年份的記憶。

我第一次見到今日子小姐是在兩年前，那時她就已經佚失很長一段日子的記憶了。

隨著時間過去，留在時光洪流彼岸的她無法充分理解這種最先進的研究設施的業務內容，也是情有可原。

雖說要能同時滿足保密及速度這兩個條件的名偵探，這次我也只能仰賴今日子小姐，但是站在今日子小姐的立場，或許會覺得接了一樁不適合自己的委託。我如果能從旁協助還好，只可惜，我連華生的角色都扮演不好。

「……不過，若是笑井室長獨自研發的技術，即使立體影像研究的資料外洩，也不算什麼大問題吧？就算洩露出去，其他人也無法重現不是嗎？」

「倒也不是這麼說。借用百合根副室長的話，笑井室長的研究關鍵是轉換思考的角度。所以是個用已經完成的技術進行意外組合的新構想……這種構想一旦外洩，一眨眼的工夫就會被對手領先了。」

雖說只是打雜的，但是會雇用我這種人，就表示更級研究所絕不是大型機構。萬一要和大企業進行角力對抗，靠資本額是一定贏不了對方的。只能採取絞盡腦汁、祕密進行、突破盲點的策略，所以情報比什麼都重要。

「原來如此，所以少說也是粗估上億圓規模的損失——啊！這個金額是譽田先生告訴我的。」

「也不只是錢的問題，大家擔心的是截至目前的研究全部付諸流水……」

我這隻初來乍到，而且非專業的菜鳥無法體會這種恐懼。但是換個角度想，他們也無法明白不由分說就受到懷疑的恐懼吧！

「……根據基本的調查方針，我認為目前應該將這案子視為不小心遺失記憶卡的單純案件，但是我也覺得笑井先生並不會把這麼重要的資料搞丟。然後，我對每個人都問了這個問題——」

聽到這常在推理小說裡出現的慣用句，還以為她是要問我不在場證明，沒想到並不是。

「假設有人真的偷走了記憶卡，你認為會是誰呢？」

還真直接，或說是相當深入核心的一問。今日子小姐對每個人都問了這問題嗎？那麼大家應該都說是隱館助手吧……

「不知道。我想誰都沒有這樣的動機……」

我據實以告。這時要是能給她一個漂亮的答案，偵探由我來做就好了。

「因為研究所一旦關門，大家都要失業了。」

「那麼，假設帶著那些資料跳槽到其他研究機構呢？」

「這個業界說大不大，萬一真的發生那樣的事，一定會馬上穿幫的……」

當然犯人一定會設法不要穿幫，但是我總覺得這麼做的風險實在太大。

以為了獲取利益所採取的行為而言是有點過火了。

「說得也是。那假設是與笑井先生有過節的人幹的好事呢？無關乎利益問題，只是單純想找他麻煩。」

「……」

把研究數據藏起來，只是想看室長六神無主的模樣？如果是惡作劇，這品味也太低級了……

「考慮到研究資料的價值，當然不能以惡作劇三個字帶過，也不能說沒品就了事的，這已是不折不扣的刑事案件。」

今日子小姐斬釘截鐵地說道。她的道德觀非常黑白分明，絕非那種會把犯罪者當成藝術家稱頌的偵探。

「不過，這麼想就能理解一些狀況了。犯人不打算將記憶卡帶出去，只是將其藏在研究室的某個角落裡……或已經徹底破壞並處理掉。若是如此，就不用擔心外洩的問題。」

「笑井室長的態度的確比較霸道……雖然人緣不是太好，但我想應該也沒有討人厭到會遭致如此惡劣的挑釁。」

隨便誣賴別人是小偷，大家聽了一定不會開心的，但是大家也都知道，那是天才特有的任性——所以不會真的生氣，只會說他「老毛病又犯了」。

「說得也是，大家都是這麼說的。」

今日子小姐很乾脆地收回自己的看法。

「萬一被偷走、破壞是原始資料，或許就有妨礙笑井先生研究的意思，然而消失的記憶卡只是備份資料。看笑井先生還不肯放棄這個可能性，可能是對於自己沒有人望多少也有所自覺——那麼，我換個方式問，你認為最不可能是犯人的人是誰？」

這又是今日子小姐獨特的提問方式了。

我如實說出心中所想。

「我知道自己不是犯人，所以扣掉我以外……一定不會是笑井室長吧？因為他就是被害者本人。和他認識最久的百合根副室長是第二個可以剔除的人。以身居要職的生命共同體而言，她受到的打擊跟笑井室長是不相上下的。至於轡田先生和岐阜部小姐……」

我說到這裡就語塞了。

因為說出第三個不可疑的人，就等於決定誰是第四個不可疑的人，也就是最可疑的人——明明沒有確切的證據。

這正是我一直以來感最痛苦的事，我不能讓別人也承受同樣的痛苦。

今日子小姐理解了我的沉默。

「隱館先生真是個好人。」

雖然被今日子小姐這麼美麗的人稱讚是個好人很高興，但是就像我在前面也提過的，到了明天，她就會忘記今天對我的印象。一思及此，內心還是有些許落寞。

為了趕走這股落寞，我硬是將話題拉回似乎沒什麼相關的資訊上。

「譽田先生和岐阜部小姐是競爭對手的關係。我想是因為年紀相仿，故彼此心裡有些競爭意識。雖然譽田先生是前輩，但是百合根副室長似乎比較看重岐阜部小姐……這方面的落差似乎又加速了他們競爭。從某些角度看來也可說是良好的關係，但總讓看的人捏把冷汗。」

「謝謝你，很有參考價值。嗯……那麼向各位請教的問題就到此為止，接著我要正式進行室內搜索了！」

今日子小姐看了一下手表。

指針表的時針指著下午六點。換句話說，距離最後的期限只剩下……

「我想在晚上九點回家，所以還剩下三個小時。」

我想的太天真了，看樣子今日子小姐今天也打算按照原訂時間上床就寢……至於是不是認真的，只見她微笑說道。

「因為熬夜是美容的大敵。」

6

由研究室成員執行完第一次搜索之後，研究室變得整齊多了，但那只有看過以前室內呈現混沌狀態的人才會這麼想，客觀來看，整間研究室還是亂七八糟的。

要在這種環境下找出一張記憶卡，就連路人也覺得是不可能的任務，然而今日子小姐卻提綱挈領地展開搜索行動。

「藏東西的時候，人們總會不自覺地藏在容易被發現的地方呢。」

跳過我們仔細檢查過的地方，反而專找我們沒放在心上的地方，例如陳列在架子上的專門書的書頁之間，或者是電腦的鍵盤底下。

真不愧是專家——這點似乎讓大家非常佩服，但是換個角度想，我們尋找的方式是搜尋失物，但今日子小姐的找法則是尋找被人有意藏起來的東西，也就是尋寶的找法。

看樣子，問完所有人之後，今日子小姐把重點放在被人惡意藏起來的可能性，而不是疏忽搞丟——或者是想要盡早消除前者的可能性也說不定。

可是，都已經找成這樣，也仔細地進行過搜身撿查都還找不到，的確是有點不太對勁。今日子小姐在翻箱倒櫃的時候，研究室的五個成員都只能在旁邊看，令他們覺得十分尷尬。

沒錯，與今日子小姐的對話中雖然沒有提到，但笑井室長自導自演的可能性也不能說完全沒有。

可能是研究遇到瓶頸，不想再努力下去了，或者是把在其他地方、其他時候不小心弄丟的資料當成是在今天、在這裡搞丟了，想藉此逃避、分散責任……如果是這樣，就算翻遍整間研究室，也找不到記憶卡。

就算無能如我，也知道什麼是惡魔的證明——要證明「有」很容易，但是要證明「沒有」卻難如登天。雖說在這個房間裡找不到記憶卡，也不能證明記憶卡不在這個房間裡。

「笑井先生使用的記憶卡只有這張嗎？有沒有可能混在其他記憶卡裡，或者是不小心拿錯呢？」

今日子小姐抽出五斗櫃的抽屜，不只是抽屜，就連櫃子的死角都找過了，自言自語地說。

「那我已經檢查過了，才不會犯這麼低級的錯誤。」

笑井室長沒好氣地回答。

他似乎很不高興局外人在他的領土，也就是在研究室裡翻來攪去的。

「這樣啊。不過為了慎重起見，麻煩其他人也檢查一下所有在使用中的記憶卡。因為裡頭是研究數據，我也不方便碰。」

的確，記憶卡這東西是消耗品，每次都是大量購買，所以外觀上沒有區別，頂多就是貼上標籤，在收納盒上做記號而已。只要有心，隨便都可以動手腳。

要說是盲點，也的確是盲點。

「欸，可、可是……萬一手邊的記憶卡裡混有備份資料的話，那個人不就是犯人了嗎？」岐阜部小姐不安地問。

「不，倒也不見得。可能只是犯人為了擺脫嫌疑偷偷放進去的。也就是藏木於林的概念。」

要把記憶卡藏起來，就藏在記憶卡裡嗎？

是有點道理。如果是存放著研究主要的備份資料倒還會慎重對待，除此之外的儲存媒體，在這個研究室裡基本上都是被當成消耗品，隨手亂放。

把那張記憶卡與其他的記憶卡混在一起，的確是很好的藏匿方式。這個研究室沒有配電腦給我，所以我手邊當然也沒有記憶卡，只能幫大家泡咖啡，不過其他人都已經按照今日子小姐的指示開始動了起來。

想當然耳，自己檢查自己的記憶卡根本一點意義也沒有，所以便採取請另外三個人一起檢查的形式。

明目張膽的藏匿之處。

果然是偵探才會有的發想，假使我是犯人，也會覺得這是「早應該就這麼做」的好主意，但從結論來說，即使已經檢查過所有人的記憶卡，還是找不到備份資料。

或許只是改了檔名。在譽田先生的提醒下，特地把每一個檔案都打開來檢查，結果還是找不到——如此大費周章，卻仍是一無所獲。

「不用連還沒有拆封的全新記憶卡都打開來檢查吧？」

百合根副室長語帶譏嘲的口吻說道，但今日子小姐似乎完全沒放在心上。

「嗯，我想應該不用。」

態度十分從容自若，說得難聽一點，就是非常厚臉皮。八風吹不動的態度，看在某些人眼裡，可能會解讀成桀驁不馴——不過，對明天就把所有人忘記的今日子小姐而言，或許惹人厭並非什麼值得害怕的事。

「剛好這邊也告一個段落了。」

「咦？你的意思是……」

笑井室長探出身子問。

「我已經檢查過一遍了，卻還是找不到遺失的記憶卡。」

今日子小姐向他回報。

這時已經是晚上七點了。

距離今日子小姐設定的期限只剩下兩個小時。揚言熬夜是美容的大敵，但她過去在「串式風箏殺人案」時也曾經熬過三個晚上。那次是例外，但這件事如果再不解決，我相信她至少會撐到明天早上吧……

「喂喂，現在是什麼情形？都這個時間了，這齣鬧劇要演到什麼時候？你真的是有名的偵探嗎？」

轡田先生咄咄逼人地逼近今日子小姐，卻被她面不改色地閃過，無視他的抗議，走到我身邊。

當然，她並不是要尋求我的保護，而是把我拉到走廊上。「隱館先生，可以借一步說話嗎？」

7

「我已經大致推理出備份資料的所在位置了，只是目前還無法確定誰是犯人。」

我和今日子小姐在經過笑井室長和謦田先生比剛才更仔細的搜身之後，再次走到房間外，往小會議室移動。才剛坐下，她開口就來這麼一句。由於她講來實在太輕描淡寫，要是我沒注意聽就差點錯過。

「欸？真的嗎？可是你剛剛不是才說找不到遺失的記憶卡……」

「我是真的還沒找到，但也因為找不到，才能推測出藏記憶卡的地方。只是還不知道犯人是誰。」

「犯人……也就是說，這鬧劇果然是有人故意製造出來的嗎？」

「嗯，應該沒錯。可是話也不能說得太死，畢竟還不曉得是誰做的。」

今日子小姐愁眉不展地說，似乎非常不滿意自己居然猜不出犯人是誰。但是對我來說，只要能知道備份資料藏在什麼地方，就已經謝天謝地了。

「話可不能這麼說。我所接下的委託是要洗刷隱館先生受到懷疑的污名。但若這樣下去，我的任務便不算完成。」

「什麼意思？既然已經找到記憶卡了……」

「在無法確定犯人是誰的情況下，隱館先生就跟其他四個人一樣，都可能是犯人。」

「……」

「甚至狀況會比現在更糟。原本可能只是不小心搞丟——如隱館先生所說，這原本是最大的可能性，但是從推測出的藏匿處來看，反而只會證明是被誰故意藏起來了。」

這麼一來……的確不太妙。

對我來說固然很不妙，但是對整個研究室而言也絕對不是一件好事……因為就算找到記憶卡，也會留下「明明有人刻意搞鬼，卻不知道犯人是誰」的禍根。

不是要套用笑井室長說的話，但在那種疑神疑鬼的狀態下，今後的確是很難安心工作。

「所以我認為，有必要請隱館先生更詳細告訴我研究室內的人際關係。」

「問我？……你之後還會問其他人吧？我只是排第一個對吧？」

「不，接下來我只請教隱館先生的意見，因為我決定相信你。」

這麼說來，我才注意到。

我剛才在離開研究室前接受搜身時，今日子小姐並未參與，這是表示對我的信任嗎？

「這、這是對委託人的信任嗎？」

「委託人是會說謊的。基本上，我都是基於這樣的前提進行工作的。只是，從剛才一連串的接觸看來，我判斷你是個正直、誠實、不會說謊的人。」很少有人會這樣說我。

相反地，我過的是始終只得到相反評價的人生，連父母都懷疑我，被人說是誠實可信什麼的次數，大概十根手指就數得出來。

令人傷心，不，令人欣慰的是被人說誠實可信之時，幾乎都是今日子小姐對我說的。只是不管再怎麼相信我，下次見面的時候，她還是會忘了我。除非發生像今天這樣的事，不然我也很少主動打電話委託今日子小姐，因為這點實在太令人傷感了。

不過能得到他人的信任，還是很開心。

「所以隱館先生，再怎麼枝微末節的小事也沒關係，請你盡可能詳細地告訴我，就你的觀察，笑井航路室長、百合根結子副室長、譽田英知研究員、岐阜部永芽研究員的性格及人際關係、經歷及家族構成、以前發生過什麼事。」

完全不顧我內心的感動小劇場，今日子小姐加快速度滔滔不絕地繼續說下去——大概是擔心我們離開研究室太久，會讓犯人起疑，而不是在乎上床睡覺的時間吧！

「我想從動機方面去找出犯人來……舉個例子，有人有財務上的困難嗎？或是親戚裡有同業……」

「嗯……我沒聽說過。」

難得她對我有所期待，但我只是菜鳥，還沒和他們打成一片。就連一起去吃飯的次數也寥寥可數，頂多聊過喜歡的遊戲或漫畫之類的話題，但譽田先生和岐阜部小姐喜歡哪部遊戲或漫畫，應該和這件事無關吧！

「沒關係……就連那種……乍看之下一點關係也沒有的線索……也很……」

結果察覺的時候已經太遲了。

說時遲，那時快，今日子小姐眼鏡底下的雙瞳突然失了焦點，眨眼的頻率也異樣密集。不知何時已經將手肘頂在桌面上，撐著她垂垂欲下的頭。

「重……要……」

「今、今日子小姐！不可以睡！」

來不及了。

我推開椅子站起身，正打算伸手搖晃今日子小姐的肩膀時，她猛然失去平衡，一頭撞在桌子上。額頭用力撞上桌面所發出的巨響響徹了小會議室。

然後便一動也不動——接著我聽見平穩的呼吸聲。

「啊啊……」

我絕望地在狹小的斗室內走來走去，從左右兩側抓住今日子小姐的兩條手臂，將她的身體拎起來。她那一下撞得實在太用力了，原本十分擔心，所幸似乎只有撞到額頭，眼鏡也完好如初。

只是非常平靜安穩地——睡著了。

好夢正酣地——睡著了。

怎麼會？也太早了。

明明還沒八點——雖然為時已晚，但我還是使勁搖晃今日子小姐的身體。

「嗯……」

今日子小姐似乎尚未進入深層睡眠，在我的搖晃下，悠悠地睜開雙眼。

開口的第一句便這麼說。

「初次見面。你是誰？這是哪裡？」

以看陌生人的眼神問我。

8

我立刻放開她的手。

要是被以為我打算趁她睡著的時候非禮她就太冤枉了——往後退到整個人貼在牆壁上的我看在今日子小姐的眼裡是什麼模樣呢？會覺得我更加可疑嗎？我凝視著她。

「我、我叫隱館厄介……是、是你的委託人，我……不是我，這裡是更級研究所……」

舌頭都快打結了，連話都說不好。

沒想到會這麼快就失去才剛得到的信任，打擊太大令我完全亂了方寸。

「……」

今日子小姐將視線從我身上移開。

那動作看上去就像是在我身上蓋了一個「微不足道」的章。

這個事實固然令我悲慟莫名，但是至少今日子小姐眼下的判斷是我不會加害於她，算是唯一的救贖。只可惜從大局的角度來看，這份救贖非常微不足道。

今日子小姐已經完全失去之前的記憶——雖然還不算是「昨天」，但恐怕從今天早上，大概是從六點起床以後到剛才所有發生的事都已經忘得一乾二淨了。

不管是我打電話去向她求救、還是來這家研究所之後的調查，最重要的是，連她說已經順利地推理出來，消失的記憶卡所在之處。

截至目前的工作、偵探活動，盡皆化為虛無。

更傷腦筋的是，今日子小姐目前的心境約莫是「明明睡在自己家裡的床上，一覺醒來卻和完全不認識的男人待在完全陌生的房間裡」——換作是我，肯定會驚聲尖叫，嚇得魂飛魄散吧！

然而，今日子小姐雖然臉色大變，進入警戒模式，但行為還是一貫地冷靜，馬上連同襯衣將身上的開襟毛衣袖口整個捲起來。

纖細雪白的左手。

滿佈整隻下臂的極粗黑色麥克筆字跡這麼寫著。

「我是掟上今日子，二十五歲。置手紙偵探事務所所長。白髮。眼鏡。每天的記憶都會重置。」

「……」

那是比駕照更明確，由她親手撰寫的身分證明文件——畢竟是自己的筆跡，絕不可能錯認。

「我是掟上今日子，二十五歲。置手紙偵探事務所所長。白髮。眼鏡。每天的記憶都會重置。」

今日子小姐複誦手上寫的文字，用手指推了推眼鏡，檢查頭髮的顏色——似乎同意這一切地點點頭。將個人情報輸入腦中。

這是今日子小姐考慮到突發狀況所做的備份嗎——截至目前，已經向她求助過好幾次的我，還是第一次知道她做了這些準備。

小學生為了避免丟三落四，有時會用手背代替聯絡簿，這算是那作法的衍生版嗎……我不是沒想過她既不抄筆記，也不帶手機，萬一在自家以外的地方睡著的話該怎麼辦，但是仔細想想就知道了，她身為名偵探，不可能沒考慮過我所擔心的問題。這就像是已消逝的、過去的自己給現在留下的一封信……當我還在感慨之際，今日子小姐已經採取下一步行動。

她的思路應該是這樣吧。

記憶對不起來——但「如果是我的話」應該會針對這種狀況事先作準備，比如說在左手臂上給未來的自己留下訊息之類的。

而在如同預料般從左手臂獲得情報之後，接著便這麼想——倘若自己是一個「每天記憶都會重置」的人，留給自己的訊息必定不只這些。

今日子小姐將右手伸向左側裙襬，大膽地掀起原本蓋到腳踝的長裙……一路拉到幾乎要看到貼身衣物的高度。

我下意識地瞥開視線，但她的行為著實過於唐突，所以我還是一瞬間看到她那美麗的大腿。

大腿上有著與左手臂同樣的筆跡。

「現正工作中。」

「現正工作中。」

她複誦。

有如重新輸入資料。

聽見裙襬放下的聲音之後，盯著牆壁的我這才敢轉身面對今日子小姐。此時我想過總之要先出個聲，但今日子小姐已經一聲不響地接著她下一個動作。

由於畫面實在過於大膽刺激，我雖想再把眼神移開，卻失敗了。只見她將上衣整個撩起，露出雪白的肚皮，與剛才那兩處不同，這次是用紅筆寫著一行細小的文字。

「隱館厄介先生。身高一百九十公分以上。二十五歲。委託人。詳情問他。信得過。」

「隱館厄介先生。身高一百九十公分以上。二十五歲。委託人。詳情問他。信得過。」

信得過。

只有這三個字她重覆念了兩次——之後今日子小姐轉身面向我。

接著開口說。

「不好意思，隱館先生。」

她從椅子上站起來，向我點頭示意——雖然有些生疏不自在，但從她的態度看來，已經對我放下戒心了。

「可以請你告訴我，現在是什麼情況嗎？」

9

寫在左手的訊息是她固定寫上的留言，寫在左腳的訊息大概是她接下我的委託，離開事務所的時候寫的吧——至於寫在肚皮上的留言，則是在執行這項業務的過程中寫的。

今日子小姐雖然兩手空空，也沒有做筆記，但是研究室裡的筆要多少有多少。所以大概是為了以防萬一，找機會偷偷寫上去的吧！

今日子小姐在問我話以前，檢查過身體的每一個角落，不過看樣子這些「來自死者的留言」，不，是「來自過去的留言」——不是死前訊息，而是消失前的訊息，就只有以上三個。

換句話說，她判斷要是萬一發生什麼意外狀況，詳細情形只要問我就好了——這真是太令人高興了，都快要喜極而泣了。只可惜，今日子小姐還沒告訴我她推理出的記憶卡藏在什麼地方。早知如此，我應該先問清楚的。

我能說明的只有到她現在所處的狀況，也就是說，她的推理已經完全化為烏有——說老實話，這跟辜負今日子小姐的信賴根本沒兩樣。因為我必須對今日子小姐說：「你努力到現在的成果全都泡湯了。」

「請別放在心上，這並不是你的錯。是我太不小心了。」

今日子小姐安慰我——不小心？

她的確是在工作的時候睡著了，但是用不小心來表現這種狀況好像有點不太對勁。對了，可能是今日子小姐雖然沒告訴我，但她昨天晚上其實熬夜在工作——所以剛剛才會睡著？

「不，我不認為自己會在睡眠不足的情況下接受新的委託。與其要在準備不充分的狀態下接案，我應該會介紹其他信得過的同業給你。大概是被暗算了。」

今日子小姐斬釘截鐵地說，然後問我：「隱館先生，我在工作的時候吃過什麼東西嗎？」

「……沒有，頂多只有即溶咖啡。」

「那就是即溶咖啡了。」

今日子小姐看似想通什麼似地點點頭。

「大概是在『犯人就在身邊』的情況下，擔心犯人會訴諸暴力，所以我才會留下這樣的訊息吧！」

今日子小姐說著，冷不防又撩起上衣，見到我急忙瞥開視線，說了聲「抱歉」立刻把衣服拉好。

「但是故意讓我睡著——就表示在那四個人當中，有人很清楚我的底細呢！知道只要讓我睡著，就能瓦解我的戰力。」

「不會吧！在我介紹你以前，他們應該都不知道吧！」

「既然如此，對方可能是臨機應變也說不定……不過，也可能是裝作不知道呢！照你所說，譽田先生曾經挖苦我：『你真的是有名的偵探嗎？』——假設他完全不認識我，這句話就有點怪了。」

這麼說倒也沒錯。

難道譽田先生知道今日子小姐的事嗎？不過也可能是我在小會議室接受調查的時候，其他人告訴他的。

雖說這個研究室不能連線上網，但現在可是個資訊爆炸的世界，再加上忘卻偵探又這麼與眾不同，他們之中就算有人……不，就算所有人都知道也不奇怪。

或許一時半刻想不起來，但是看到本人就想起來了——想起睡眠是她最大的弱點。

實際上，就我所知，掟上今日子至今的冒險生涯中，就遇過好幾次犯人想方設法要讓她睡著的險境。以今日子小姐的情況來說，如果想要封她的口、妨害她的推理能力，根本不需要特地冒殺人的風險——只要讓她睡著就好了。

催眠瓦斯、酒精、缺氧的環境、麻醉、心靈音樂、令人昏昏欲睡的按摩手法、就連聽起來匪夷所思的催眠也是一種方法。

這次的工具是安眠藥嗎……？

咖啡是我泡的，但是只要把安眠藥塗在客人用的杯子上……但安眠藥是能這麼剛好就出現在手邊的物品嗎？

「安眠藥也有不少種類呢。像是感冒藥或鎮定劑，硬要說的話都屬於安眠藥，吃下去就會想睡覺。再加上我應該幾乎沒吃過這方面的藥，所以效果想必會比一般人好。」

既然她主張（應該）沒吃過，那麼就算咖啡裡混入安眠藥，她也喝不出來——就連今日子小姐是否記得咖啡「正確的味道」也還是個未知數。

「如果是感冒藥，研究室裡好像有……」

進行第一次地毯式搜索的時候，我好像看到過，大概是研究室裡的常備藥吧。換句話說，任何人都可以拿來用，很難從藥品追溯到犯人是誰。

可惡！只能從頭來過嗎？

不，就連想要從頭來過也辦不到——因為今日子小姐是聽過所有人的話，透過自己的手和眼睛，紮紮實實地耗費時間和精神，把研究室裡搜索過一遍，才推理出記憶卡藏在什麼地方。

但就算想重新再做一遍同樣的事，那四個人也不會配合的。尤其是搜索研究室，今日子小姐已經親口說出「什麼都沒找到」，若是現在又說要從頭來過，大家肯定會傻了眼，不肯奉陪吧。

「不用從頭來過喔！隱館先生。至少現狀已經能確定犯人就在那四個人之中。事實證明，有人心虛到不得不使出讓我睡著的手段。」

「呃，或許是如此……」

儘管記憶已經重置，今日子小姐仍繼續排除我是犯人的可能性這點固然令我很開心，但光是這樣很難說是有所進展，不能重新調查實在很致命。

「別擔心，隱館先生。根本不需要重新調查。如果要說有什麼很致命，反而是犯人犯了一個致命的錯誤。」

「咦？」

「在推理小說裡，對偵探出手可是大忌。既然對方犯了這個大忌，那我也不客氣了。」

今日子小姐露出平靜的微笑。

但她眼裡完全沒有笑意。

「雖說遲早要消失，但竟敢隨便對我的記憶出手，犯人絕對要為此付出代價。回去吧！隱館先生。我會在一秒之內洗清你的嫌疑，解決這件事。」

破案最快的偵探胸有成竹地拍胸脯保證。

但接著卻開口要我帶路前往研究室，她連自己人在哪都不記得了。不僅是這樣，她也不記得笑井室長、百合根副室長、譽田研究員、岐阜部研究員的長相。

儘管如此，她還是揚言能在一秒之內解決這件事。一般人會認為這僅僅是虛張聲勢，然而被今日子小姐拯救過無數次的我，深知她只是陳述事實，絕非虛張聲勢。

反過來，犯人難道不知道嗎？

不管是誰下的手，讓今日子小姐睡著的犯人難道不知道那既是她的弱點，也同時是她的地雷嗎？明明在過去，曾經以強硬的手段讓今日子小姐睡著的犯人到最後都沒有一個能夠逃過她的手掌心……

10

晚上八點半。

「讓大家久等了，接下來是解答篇。」

今日子小姐一臉若無其事地宣布。從她的態度完全看不出她失去了直到剛才之前的記憶，因為我事先已將研究室人員的姓名與特徵配對告訴她，她應該知道房間裡的人誰是誰，但縱使這樣也還是真夠凜然無懼的。

反倒是我看得捏一把冷汗。

對她下藥的犯人一定正在懷疑是否是藥效不佳沒能讓她睡著，想必更是冷汗直流吧——按照推理小說的常見劇情，如果自己就是犯人，我絕對不會想參加這種「名偵探把所有人集合起來解謎」的聚會，但這次所有的相關人員都被軟禁在研究室裡，不想參加也得參加。今日子小姐還特別叮嚀我，萬一犯人胡亂發起狂來的時候要我制服他。看樣子「今天的今日子小姐」接收「昨天的今日子小姐」留下的訊息，對我可以說是百分之百地信賴。這雖然是我無上的光榮，但是我並不像外表給人的印象般習於跟人動手動腳，所以不曉得能不能搞定。可是我也不好因此拒絕她。

無論犯人是誰，為了能在適時加以制服，我留意著眼前全體四人的舉動。

「解答篇……也就是說，你已經知道小偷是誰了？」

「犯人就在我們之中嗎？」

「最重要的是記憶卡在哪裡？得先找到才行。」

「……我想回家了。」

笑井室長、百合根副室長、譽田先生、岐阜部小姐一人一句地說——大家對她的解答篇宣言雖然都半信半疑，但是誰也想不到，說要解答的今日子小姐居然還不曉得犯人是誰，甚至連記憶卡被藏在哪裡都忘了！

在這種什麼線索都沒有的情況下就把大家集合起來的名偵探，恐怕是前無古人、後無來者吧。

「這裡雖然是在做立體影像的研究……但人會去看的，終究只是想看見自己想看到的那一面。」

今日子小姐說出意味深長的發言（明明她腦海中已經沒有任何關於立體影像的知識了），在房間裡踱來踱去。包括我在內的五個人全都坐著，她一個人穿梭在我們坐的椅子之間。

大家的脖子都隨著今日子小姐轉來轉去，彷彿為了躲開大家的注視般，只見她勾勒出行雲流水般的動線，然後在意想不到的地方停下腳步。

既不是停在搞丟記憶卡的笑井室長的辦公桌前，也不是停在認識他最久的百合根副室長的電腦旁，更不是停在與他勢同水火的譽田先生椅子後面，但也不是停在唯一為我說話的岐阜部小姐的櫃子旁邊……

她站在放在靠窗矮書櫃上的熱水瓶前面。那是用來沖泡即溶咖啡和茶的地方，放著好幾個杯子。我剛才也用過那裡——今日子小姐喝下的那杯加了安眠藥的咖啡，就是在那裡泡的。

她打算從這條線揪出犯人嗎？會不會只是我沒注意到，其實有一個人可以把藥加在咖啡裡呢？問題是，揭穿這件事可是把雙面刃——因為這麼一來，今日子小姐失去剛才記憶的事就曝光了。誰會相信在調查中失去記憶的偵探講的話？

然而，我的擔心根本是多餘的，今日子小姐不動聲色地拿起熱水瓶，將其抱在胸前。

「照順序，在發表犯人的名字以前，我想先揭曉最重要的事，也就是記憶卡的所在之處。」

今日子小姐說。

「剛才在搜索房間的時候，我說『沒找到』其實是騙人的。其實在那個時候，我已經知道記憶卡藏在什麼地方了——我親眼確認過了。」

親眼確認過了？

怎麼可能。

今日子小姐現在說的這些才是騙人的。

當時就連用來藏記憶卡的地方都還沒能百分之百地肯定，何況現在就連那個記憶都消失了——更別說曾親眼確認過。

「資、資料沒事吧？」

笑井室長一無所知的——或是假裝一無所知的——這句話讓今日子小姐搖了搖頭。

「若以防止外洩的角度來說是沒事，但備份資料本身卻是發生大事了，因為……」

今日子小姐的視線落在手裡的熱水瓶上。

「因為大家剛才找得半死的記憶卡就在這個熱水瓶裡——就在這壺熱水裡。」

「什麼!?」「什麼!?」「什麼!?」「什麼!?」

當所有人都對今日子小姐突如其來的宣言發出驚呼的瞬間。

「不准動!!」

今日子小姐以幾乎要震破玻璃的巨大音量怒吼——這麼巨大的音量究竟是怎麼從她那嬌小的身體裡發出來呢?宛如警報器的怒吼聲,讓所有人都僵住了。

相較於她的聲音,笑井室長歇斯底里的叫聲還算是可愛的了——甚至應稱之鳥囀啼聲。反觀今日子小姐聲如裂帛的音量,簡直是要連空氣都撕裂了。大家就像被灌了水泥似地動彈不得。今日子小姐一一指著被她嚇得魂飛魄散、幾乎處於假死狀態的人確認後,面帶微笑以四平八穩的語調說道。

「你就是犯人。」

包括我在內的其他四個人,八隻眼睛全都盯著今日子小姐大喊前抱在懷裡的熱水瓶陷入僵直——只有一個人,唯有今日子小姐最後手指著的岐阜部永芽,望著自己的辦公桌抽屜,動也不動。

11

只有一個人望向不同的方向——這就是岐阜部小姐被鎖定為犯人的理由？說來丟人，我並沒有第一時間反應過來。直到今日子小姐一副「已經沒你的事了」的態度，將熱水瓶放回原來的地方，同時移動到岐阜部小姐視線落點所在，打開她的抽屜時，我才後知後覺地反應過來。

其他四個人都還盯著今日子小姐聲稱「有」記憶卡的熱水瓶——當然，如果有人說哪裡「有」自己要找的東西，一定會不自覺地往那個方向看去。

然而，唯獨岐阜部小姐反射性地望著相反的方向——因為只有她知道今日子小姐手上拿的熱水瓶裡「沒有」記憶卡。若是這樣，是不是熱水瓶也無所謂吧！今日子小姐只要找個任何人作夢都想不到的地方說卡在裡頭就好。

這是惡魔的證明少之又少的解答範例。

想要證明這裡「沒有」，只要證明其他地方「有」就好了——而且也只有知道其他地方「有」的岐阜部小姐，才能不對熱水瓶行注目禮。

不僅如此。

還會忍不住想要確認東西是否平安無事。

這也是人之常情。假設她最終目的是要把資料偷渡出去，萬一記憶卡莫名其妙被丟進熱水裡，是人都會發瘋的。

所以就忍不住了。

忍不住想看一下藏東西的地方——只有自己才知道藏有記憶卡的地方。

「本來我一向把挖坑給犯人跳的手法視為禁忌——可是先觸犯禁忌攻擊我的人可是你喔！岐阜部小姐，不要怪我。」

今日子小姐邊說邊檢查抽屜裡的東西。岐阜部小姐一動也不動，垂頭喪氣彷彿已放棄掙扎。她的態度就是最好的自白。

果真只花了一秒。

正確地說，是吼了一聲。

掟上今日子已經把事情解決了。

原本說好萬一犯人發起瘋來，就由我來制服他，但是照這個樣子看來，似乎沒有這個必要——除我以外的三個人似乎也慢慢地理解眼前的狀況，但是尚未掙脫今日子小姐的河東獅吼所形成的束縛，所有人都愣在當場，沒有一個人打算站起來。

「既然如此，大概是在這裡面吧！我在失去記憶以前注意到的地方。」

今日子小姐說到這裡，從岐阜部小姐的抽屜裡拿出來的東西正是記憶卡——但那應該只是岐阜部小姐私人的記憶卡，而非笑井室長研究數據的備份資料。

大家都檢查過那張記憶卡了。

這麼說來，我還沒向今日子小姐說明這一點。

「今日子小姐，不是的，那不是我們要找的記憶卡……」

我的話還沒說完，今日子小姐就從抽屜裡拿出一張又一張的記憶卡。

「說得也是呢！可能不是這張，可能是這張，可能是這張，也可能是這張。」

每一張都是岐阜部小姐用過的記憶卡，但是內容應該都和備份的資料不同，還是在檢查的時候有所遺漏了？

「正所謂藏木於林，對吧？我也不曉得哪一張才是對的……」

藏木於林。今日子小姐在失去記憶以前也說過同樣的話——果然是同一個人，思考模式才會如此一致。

然而，這個假設當時就已遭到反駁……雖說她忘記了……不對，等一下！當時就連今日子小姐也明確地否定了這個假設不是嗎？

「這、這到底是怎麼回事？」

笑井室長終於提出疑問。剛才今日子小姐的河東獅吼，把他的憤恨都震掉了——或也可說是氣焰已消。應該不會再大呼小叫虛張聲勢了……

「我是說……」

今日子小姐將幾張記憶卡放在掌心裡把玩著。

「只要刪除記憶卡裡的備份資料，再覆寫上別的資料，不就能瞞過眾人的眼睛嗎？」

「啊……」

百合根副室長發出了驚呼聲，隨即掩住自己的嘴巴。大概是這麼單純的詭計讓她忍不住驚叫出聲。就連我也有同樣的心情，問題是……

「可、可是，就算這樣不會被發現，資料不是也消失了嗎？岐阜部難道這樣也無所謂嗎？難道只是單純想找室長麻煩……」

譽田先生一改剛才咄咄逼人的態度，問了今日子小姐一個單純的問題。

我也和（失去記憶以前的）今日子小姐討論過動機是找笑井室長麻煩的可能性，但當時得到的結論是不太可能——更何況，如果她已把資料刪除，就算今日子小姐揚言資料已經泡在熱水裡報銷了，她也不需方寸大亂地想要確認資料的所在。今日子小姐說的話根本是前後矛盾——不過，就算今日子小姐說的話前後矛盾也不能怪她，誰叫她的記憶銜接不起來呢。

問題在於犯人岐阜部小姐的言行舉止沒有一貫性這點——她既然會擔心資料消失，就不可能已經刪除資料。

那麼……

「剛才為了直指問題核心，我講得過於簡單了，實際上的步驟應該要反過來。正確的步驟是先把其他資料寫進記憶卡裡，再把備份資料刪掉，對吧？」

今日子小姐如是說，但是這跟剛才的說法有什麼不同呢？就算順序反過來，備份資料還是消失了不是嗎？

「……資料復原軟體嗎？」

「沒錯。」

今日子小姐笑著對笑井室長有氣無力的回答表示贊同。

「只要使用專用的軟體，就能恢復已經刪除的電子檔，現在沒有人不知道的，因為就連我也知道。但這其實是意料之外的盲點不是嗎？乍看之下是空白的記憶卡，卻原封不動地殘留著資料的痕跡……之後只要別在那上頭覆寫，資料就不會完全消失。」

因此，在刪除備份資料以前，必須先寫入偽裝用的檔案——其實倘若只覆寫一次，原本的資料應該還能救回來，但是考慮到內容的重要性，還是不會冒這個險吧。

換言之，岐阜部小姐藉機從笑井室長的桌上摸走記憶卡，用自己的電腦依照上述步驟寫入偽裝用的檔案，再把備份資料刪掉。

接下來只要把那張平凡無奇——奇怪的地方都已經處理掉的記憶卡帶回家，用專用的軟體將資料復原即可。不需忌憚任何人，儘管大方地帶到任何地方，立體影像研究的備份資料終將能夠復活。

復活。

簡直就像是讓死人從黃泉歸來的大膽手法……若能成功的話，真的是既簡單又聰明的手法。

若能成功的話……

「……你從什麼時候開始懷疑我的？」

岐阜部小姐聲音微弱地問今日子小姐。這也是在推理小說裡犯人的標準台詞，但又不能告訴她「我其實到最後一刻都不曾懷疑你」，因此名偵探只是無言地微笑以對。

「你說，人會去看的，終究只是想看自己想看到的那一面……就是這個意思嗎？」

「那只是我隨便亂講的，沒什麼意思。」今日子小姐不為所動地回道。「請你記取這次的教訓，千萬別再動想讓我睡著的歪腦筋。我的記憶跟你所刪除的電子檔可不一樣，一旦消除就不可能再復原了。」

12

既然已經知道犯人是誰，動機是什麼就無所謂了——或許這也是某些人的主張，但我可不這麼想。在我認識的名偵探中，也有一口咬定「我只要解開謎團就好了，至於為什麼要殺人我沒興趣」的勇者，但是對於經常無緣無故受到懷疑的我而言，可不能認同世上有毫無理由的犯罪。

看來岐阜部小姐果然是打算將竊取的資料賣給大企業——她似乎想要利用物量作戰與企業間的權力鬥爭，好讓笑井室長構思的立體影像技術能盡快進入實用階段。

她說她的目的不是為了錢。

岐阜部小姐和母親一起生活，她母親的身體還算健朗，但是其中一隻眼睛據說將在幾年內完全失明。人一旦喪失單眼的視力，就會失去遠近感，抓不準距離。雖說相較於兩眼失明，這並不是什麼太大的問題，只是這樣，她就看不見立體影像研究的成果了。

在研究室裡進行的研究雖由笑井室長主導，但岐阜部小姐也有身為其中一名成員的驕傲——她希望能讓親愛的母親在還看得見的時候，能看到自己的研究成果。

因此她打算將這項資料從不知猴年馬月才能將這個研究實用化的更級研究所帶出去，提供給規模更大的研究機構。至於要提供給哪個研究機構，她似乎還沒決定。

這種動機只是推託之詞，真正的目的肯定是為了錢，或是她跟笑井室長其實有著不為人知的糾葛……真要穿鑿附會的話，動機要多少有多少，但我決定相信岐阜部小姐的說法。

不管是不是演戲，她的確為我說過話，這是我對她唯一能做到的回報。

對於這輩子蒙受過無數次不白之冤的我，唯一能做的只有相信她了。不過，畢竟是自己人幹的好事，這次的事想必不會對外公布，而是私底下處理掉吧！岐阜部小姐本人當然不用說，上演這齣鬧劇的笑井研究室也會成為懲處對象，預算也會被刪減吧。岐阜部小姐的行為反而讓自己參與研究的立體影像技術離實用化愈來愈遙遠，真是諷刺。

不過，我也不能置身事外。

預算一旦遭到刪減，就不再有餘裕雇用我這種沒有專門知識的打雜小弟了，等於我又要失業了。

而按照約定，今日子小姐的酬勞將由更級研究所支付一事，對我而言要說是些微的救贖，也的確是被救到了一些……

「多謝惠顧。」

今日子小姐對我這麼說——說到「惠顧」，對她而言完全只是一個商用會話裡的詞彙。但對我來說，卻是能讓我切實感受到又承蒙今日子小姐悉心照顧的字眼。

今日子小姐準時九點回家。

完成一件工作，今日子小姐臉上掛著神清氣爽的表情。順帶一提，岐阜部小姐用的果然是房間裡的感冒藥，而且不是放進杯子裡，而是倒進了熱水瓶裡。也就是包括下藥的岐阜部小姐在內，室內所有人都喝下了感冒藥，只是似乎唯獨對沒有服藥習慣的今日子小姐產生了立即性的效果。

雖說情況特殊，但竟沒有任何人察覺咖啡味道有異，也實在是太神不知鬼不覺了。而正因為在下藥時打開過熱水瓶，所以知道記憶卡不在熱水瓶裡，岐阜部小姐在關鍵時刻不是盯著熱水瓶，而是望向抽屜這點也就說得通了。這應該是連今日子小姐也沒料想到的，只能說人真的不能做壞事。包括踩到今日子小姐的地雷在內，岐阜部小姐這為了徹底掩蓋自己做的壞事而採取的下藥行動，反而是自掘墳墓。

岐阜部小姐果然是對今日子小姐的大名略有耳聞，聽說在我接受調查的時候，譽田先生就是從她口中得知許多今日子小姐身為「名人」的事蹟——

岐阜部小姐會這樣做，應該是打算藉著把今日子小姐「忘卻」的事蹟分享給其他人，好讓她難以特定下藥迷昏自己的人吧！雖然這些是零碎小事，但我還是附註一下。

「那麼，隱館先生，還祈望你再也不會遇上這種事。往後如果還有需要幫忙之時，請務必給置手紙偵探事務所的掟上今日子一個機會。」

「好，我會的。」

話是這麼說，可是一想到下次見面的時候又得從「初次見面」開始，就提不起勁來向今日子小姐求助，所以下次遇到麻煩事時真的還會這麼做嗎？連我自己都相當懷疑。不不不，最理想的情況是我也再不會被捲進這種麻煩裡才是……

或許是看穿了我口中的社交辭令和心中的百轉千折，今日子小姐又開口。

「我是認真的，還拜託你別忘了。而且，我也恐怕會有好一陣子忘不了隱館先生呢。」

說是在討顧客歡心也似乎太過於獻媚的這句話，卻讓我心裡小鹿亂撞。

然而她接著卻一臉雲淡風輕地用手指著自己肚臍附近說。

「因為，我好像不小心用油性筆寫上去了呢。」

哦，原來是這個意思啊……

我瞬間感覺全身脫力，但想到雖說只能維持幾天，不過在我的名字底下寫著「信得過」的那些字跡將會留在今日子小姐肚皮上好一陣子的事實，該怎麼說呢……就像是偷偷觸犯了嚴格制定的規則般有種悖德感，某種意義上讓我有些臉紅心跳，甚至讓我踰越禮貌，想說的話一時脫口而出。

「好的，我一定會這麼拜託你，絕對不會忘記的！屆時一定會和今日子小姐聯絡，還請你多多指教！」

「嗯，請別忘記喔！」聽我這麼說，今日子小姐頓時笑容滿面，邊說邊撩起長裙的裙襬，優雅地朝我行個禮。

「我才要請您多多關照，最好能帶來更多讓我眼睛為之一亮的難題。」

（初次見面啊，今日子小姐——忘卻）

第二話

我為你介紹，今日子小姐

1

「你的一百萬在我這裡，想要拿回去請用一億圓來贖。」

假設你接到這樣的電話，一定不會覺得是恐嚇電話，而會當成惡作劇吧。用膝蓋想也知道，這麼荒謬的交易是不可能成立的。因為一億圓的價值可是一百萬的一百倍，不管未來發生多麼瘋狂的通貨膨脹或通貨緊縮，一百萬也絕對不會變得比一億圓來得有價值。每個人對金錢的觀念都不一樣，有人瞧不起一塊錢，也有人會因為少了一塊錢而哭；有人認為一百萬是一筆大錢，也有人認為一百萬只不過是零頭——然而，無論是多麼荒誕不經、異想天開的思考模式，也應該不會出現認為一百萬比一億圓還要有價值的奇葩。不按牌理出牌也要有個限度。再說，怎麼可能有人為了取回一百萬，不惜付出一億圓的代價？

然而「她」卻無法把這通電話當成惡作劇電話，還想答應對方的要求，聽話支付一億圓的贖金。光是知道世上真的有人可以任意支配一億圓，對我而言就已經是大驚奇了。再者，若是孩子遭到綁架還說得過去，居然會有人願意無端接受這麼不划算的交易，真是難以置信……所幸整件事在那荒唐無稽的交易完成前就已圓滿解決，沒有釀成大禍。但一想到這筆交易若是真的成立，那「百萬事件」還真是令人毛骨悚然的案件。潛藏在詭異到甚至有些荒謬的恐嚇電話裡的惡意，以及隱藏在案件背後諷刺的真相，現在回想起來實在是讓我不寒而慄。

或許我不應該這麼說，但唯有在這種時候，我還挺羨慕能完全忘記經手過的案件，而且永遠不會再想起來的今日子小姐。

2

說老實話，接到紺藤先生打來的電話時，我正好也想和他聯絡。之所以這麼說，是因為我正如預想般地被更級研究所炒魷魚，恰處於找不到下一份工作的困境……該說是不幸中的大幸嗎？我領到的資遣費——或許也包含了封口費——遠超出我那短短的服務期間該領的額度，所以生活暫時還不用愁，但以我的宿命，也不能太掉以輕心。萬一哪天……恐怕就是近期內又被捲入什麼風波，又淪落到必須向偵探求救時，要是阮囊羞澀就慘了。雖然偵探中也有人會豪氣干雲地說：「我只要能解開充滿魅力的謎團就行了，報酬於我如浮雲。」但這種人多半在人格上具有非常重大的缺陷，光是與其打交道就筋疲力盡。像我這種只想過著平靜生活的市井小民，還是傾向於委託能簡單明瞭地用金錢交易，在商言商的生意人，是為經營者的偵探。

因此為了在還有餘力之時找到下一份工作，我想盡快找紺藤先生商量。由於是長年在一流出版社作創社服務的優秀編輯，紺藤先生的人脈非常廣，過去也曾經為我介紹過好幾份工作。

紺藤先生原本是我在作創社打工時的上司——那是我們交情的起點。該說是我的宿命嗎？編輯部內一如往常地發生一件不算小的案子，而我也一如往常地被當成嫌犯對待時，只有一個人不惜與公司對立也為我辯護，那就是紺藤先生。

「如果只因為『可疑』這理由就懷疑隱館的話，那同樣也應該以『不可疑』作為理由來懷疑我。如果有什麼話想跟隱館說，請先來找身為上司的我。」

在每個人都無憑無據懷疑我的情況下，紺藤先生卻無憑無據相信我……當然，僅是多一個人站在我這邊，並不能消除大家對我的懷疑，但是多虧有紺藤先生為我爭取時間，我才能找來偵探為自己洗清冤屈。雖然我後來還是辭去了作創社的工作，而能夠沉冤昭雪也都是偵探的功勞，但這一切都還是要感謝紺藤先生為我說話在先。

然而，紺藤先生似乎對我被迫辭職一事感到非常自責，從此以後便對我照顧有加。因為動不動就被捲入風波的體質導致朋友實在不多的我，卻也能有幸跟紺藤先生保持超越年齡與立場的對等交往。為了報答紺藤先生的相挺，我也必須早點過著腳踏實地的安定生活，但我目前……就是大家知道的這副德性。

因為實在太丟臉，我還沒臉告訴他，但說不定紺藤先生已經從哪裡得知我被更級研究所炒魷魚的事了，所以才會主動打電話給我吧。

只是聽紺藤先生從話筒那頭傳來的聲音，似乎也不是要約我喝酒散心，不僅相約見面的地點是白天的咖啡廳，而且久違的他看起來似乎有些疲憊。我知道編輯的工作十分繁重，不過紺藤先生給我的印象一直是無論多忙總是精力充沛。

「不好意思，突然找你出來。厄介，我今天是仗著我們之前的友情來讓你取笑我的窩囊。」

這是紺藤先生見到我的第一句話。他平常就是這種有點像是在演話劇的調調，所以聽他這麼說，我倒是總之鬆了一口氣，但是這句話的內容可不能一笑置之。就我有限的記憶，紺藤先生從未拜託過我任何事。就連這一次，直到剛才我都還想著要請他幫我介紹工作。這樣整個都顛倒過來了，在為他擔心的同時，我也有點開心。

「別這麼說，紺藤先生，你真是個了不起的人呢！不僅三番兩次地幫助我，還像這樣給予我回報你的機會。有什麼需要儘管說，只要我的能力所及，一定義不容辭。」

「謝謝，有你這句話，我已心滿意足到簡直可以告辭了，但事情並沒有這麼簡單，我真的傷透了腦筋，或者該說是摸不著頭腦。所以厄介，我需要你的智慧。」

「需要我的智慧？如果我的智慧派得上用場，要多少都隨便你拿去。但我的智慧真的派得上用場嗎？」

「或該說是經驗吧。要說你不是普通人……你過去不是經歷過許多奇妙的案件嗎？」

「嗯。這是我少數可以拿來說嘴的，雖然沒什麼值得驕傲的。」

「不，唯獨今天，你可以大大地驕傲一番。請務必向我誇耀你的冒險奇遇記。因為現在我遇到的……我也不確定是否能稱之為『案件』，總之是令我傷透腦筋的狀況，應該跟你的體驗有得拚。如果你曾遇過類似情況，還請務必告訴我。」

嗯……我點點頭。

我雖然打從心底想助紺藤先生一臂之力，但我也對於自己是否幫得上忙、憑我微薄的力量又是否可及之類的問題一直很在意。不過若只是要傾聽與分享經驗，我應該也能做得到。

「我告訴過你，我現在隸屬於漫畫雜誌的編輯部嗎？」

「嗯，你告訴過我。你說過的話我都記在心裡。」

只不過，「隸屬」這兩個字是過謙了，正確來說是「管理」二字才對——紺藤先生現在可是發行量占日本前幾名的漫畫雜誌的總編輯。就連不怎麼看漫畫的我，也知道才三十多歲就爬上那個位置是多麼厲害的一件事。

「可是紺藤先生，如果是截稿日都過了但漫畫家還不交稿之類的煩惱，我是幫不上忙的。抱歉我沒在上班，生活跟時間時常是脫節的，而小時候的暑假作業也總是拖到最後一刻才寫……只有這不是誰冤枉我。」

「我當然也有這方面的困擾，但那只是我們日常的業務。厄介，你知道里井有次這位漫畫家嗎？」

「里井有次？名字好像聽過。」

說歸說，其實沒把握。紺藤先生或許是察覺了，於是開口向我說明。

「里井老師是我們家雜誌的招牌之一。也是所謂暢銷漫畫作家……不過與其說是我們家雜誌的暢銷漫畫作家，目前推出一本單集漫畫就能賣上百萬冊的漫畫家，放眼現今業界也不過寥寥幾人。」

「這樣嗎？我倒是經常聽到有書用『狂銷百萬冊』做宣傳啊。」

「那是因為沒人會特地用『沒狂銷百萬冊』來宣傳呀！你會經常聽到，就足見這種宣傳詞是多麼的有效。」

「是喔，原來如此。因為很稀奇反而經常看到——還真有道理。那或許聽到作品名稱，我就會想起來了。」

話雖如此，我對紺藤先生舉出的里井老師作品仍一點印象也沒有。我真是缺乏社會常識——也難怪面試會一直被刷下來。

「你只要記住里井老師是被譽為漫畫界之寶的大師就行了。不過雖說是『老師』，里井老師也不過才二十出頭，比你還小。」

「欸……那麼年輕就被譽為漫畫界之寶，真是了不起。莫非那就是所謂的天才嗎？」

「漫畫家都是天才喔！」

紺藤先生說得理所當然。

「畢竟他們都是實現了幼時夢想的人哪，沒有人是因為向現實妥協，逼不得已才當漫畫家的……這些人真的成為想成為的自己。像我，就連去參加求職面試的時候，也還沒有心理準備要當個編輯。」

「這倒是……這樣的職業還意外地不多呢。」

或許不能一概而論，但仔細想想，真能將「小學生夢想中的職業前十名」貫徹到底的機率，大概和被雷劈中一樣低吧。話說回來，我連小學生不想做的職業都做不久。

「就『不知挫折為何物』這點來看，漫畫家倒都是一些怪人……因為在實現夢想之後才遇到的挫折，實在沒什麼幫助。而拉近他們與世俗常識的距離，就是我們身為編輯的工作。這次想要找你商量的，就是上述業務的一環……事情要從里井老師遭竊開始說起。」

「遭竊？有東西被偷了嗎？」

「我說句話，但請你不要認為是對我們友情的侮辱……厄介，我接下來要同你商量的事，拜託你千萬不要說出去。畢竟漫畫家賣的是名氣，所以要盡量避免醜聞。」

「這我當然明白。說得也是，知名漫畫家遭小偷的事，可能會登上新聞版面。」

雖說這個世界就是這麼回事，但是作家想必也不希望因為作品以外的事引起世人的關注吧！

「所以什麼被偷了？完成的原稿嗎？還是記錄靈感的筆記本……」我將情報與過去體驗過，或該說是被捲入的無數案件比對，單刀直入地問。

「不是，被偷走的是錢。」

紺藤先生的回答還真普通。而我居然感到失望，顯然是天生愛看熱鬧的天性作祟，才會對於醜聞有過度期待，我應該好好地反省，但錢被偷有什麼好奇怪的？這種事每天都會發生，根本輪不到我給意見。

「前兩天才發生的事……里井老師被偷走了一百萬圓。」

「一百萬圓。嗯。」

當然這是筆大錢，但是因為剛剛才聽了百萬冊這種數字，感覺似乎有些麻痺，沒給嚇到，只單純點了點頭。為了彌補失態，我接著追問。

「不是一百萬左右，而是不多不少剛好一百萬嗎？但無論是不是整數，都不該是放在家裡的數目吧。」

「遭小偷的不是住家，而是工作室。好像是藏在工作室冰箱裡的一百萬被偷走了。」

「冰箱……怎麼偏偏把錢藏在最容易被小偷發現的地方呢。」

據說冰箱是闖空門的小偷最先搜括的地方——我以為這已經是常識了。原來如此，漫畫家的確有點不食人間煙火。真要把錢存在家裡的話，藏在衣櫥裡還比較不容易發現吧。要說自做自受是有點過火，但是把上百萬的大筆現金這樣亂放，實在是太隨便了。

「是呀！關於這點，我已經說過好幾次了……幸好沒有其他東西被偷，但是厄介，如果事情只有這樣，我也不會來麻煩你了。」

「也就是說，事情還有後續？」

「與其說是後續，還不如說接下來才要進入正題。說老實話，一百萬對里井老師來說只是收入誤差容許範圍。若只是被偷走一百萬，甚至不會報警吧！因為要是警方來現場蒐證，導致暫時不能使用工作室的話，損失更大。」

「……漫畫家都這麼有錢嗎？」

「一旦走紅，可不是有錢就能形容的。」

「那萬一不紅呢？」

「那也不是沒錢就能形容的。言歸正傳，在里井老師發現遭小偷之前，先接到了一通電話——而且是直接打到手機的。電話內容則是這樣：『你的一百萬在我這裡，想要拿回去請用一億圓來贖。』」

3

那一瞬間，我還以為聽錯了。又或者是，在剛剛的談話裡我愚蠢到遺漏了什麼重要的線索。

「不好意思，紺藤先生，可以請你再說一次嗎？我剛才好像聽到『你的一百萬在我這裡，想要拿回去請用一億圓來贖。』」

「用不著再說一次，我說的就是你聽到的那樣。事實就是打電話的人向里井老師勒索一億圓，用來贖回被偷走的一百萬。也就是說，這不是竊盜案，而是恐嚇勒贖案……怎麼樣？很不可思議吧？」

不可思議。而且是太不可思議了，我甚至聽不懂他說什麼。一方面是因為金額太大了，害我完全沒概念。用我個人的規格來換算，大概是有人要我用萬圓鈔跟他交換百圓硬幣吧！這種交易怎麼可能成立？

「這麼一來，比起被偷走一百萬本身，反而是打這通莫名恐嚇電話的人，曾經入侵工作室這件事更令人毛骨悚然。當然，這是在假設小偷和綁匪是同一人的前提下……」

站在接受諮詢者的立場，我試著提供最合理的可能性，學偵探在推理。而也不能排除是知道一百萬遭竊的人，故意打這種惡作劇電話來搗亂的可能性……不過，倘若里井老師本人在接到電話以前都沒發現錢被偷，這可能性就有點站不住腳。

「紺藤先生，我可以理解不能使用工作室的確很傷腦筋，但還是報警吧！說不定是跟蹤狂幹的好事……如果你還是不放心，我可以介紹信得過的警察給你。」

這總被懷疑的經歷，也讓我因此結識了很多組織內部的人。雖說其中絕大多數都是把我當成嫌犯看待的人，稱不上有好交情……但也並非完全沒人願意聽我說話。

「不，感謝你的好意，厄介。但我還是不能報警，因為那通恐嚇電話還有下文。『請把一億圓匯到我說的帳戶裡，等我確認入帳以後，就會把寄放在我這裡的一百萬寄回去給你』──還有『要是你敢報警，就請做好再也找不回這一百萬的心理準備』。」

「……？這只不過是綁匪慣用的說詞罷了……難不成你們因為這樣就不敢報警？」

「沒錯。你還挺機伶的嘛！厄介。」

「你就別消遣我了，紺藤先生。這麼一來就像是屈服於犯人的淫威……或說是更像接受了這荒謬的脅迫啊。你該不會真的打算要付一億圓，去把一百萬贖回來吧？」

「你猜對了。但這不是我說的，是里井老師說的。」

紺藤先生露出迫於無奈的表情。從他的語氣聽來，似乎也無法接受。

「當然我也阻止過了，可是老師抵死不從，堅持要付，還說只要能把被偷走的一百萬拿回來，要付一億圓還是兩億圓都無所謂，講也講不聽。還好恐嚇電話是傍晚打來的，已經過了銀行的營業時間。否則，只怕里井老師已經衝去銀行匯款了。」

「啊……就像遇到詐騙的被害者那樣……」

聽起來雖然匪夷所思，但是也不像在開玩笑。到了這個地步，已經不能再用「漫畫家真是不食人間煙火」來帶過了——這不是不可思議，而是不可理喻。

「今天是星期六，所以要等到下星期才能匯款。不過一旦到了星期一，我就再也無法阻止老師了——誰來阻止都沒用，里井老師鐵定會去把一億圓匯出去的！」

「那個戶頭大概是人頭帳戶吧……雖然以下這個庸俗的問題將完全暴露出我的見識淺薄，但紺藤先生，一億圓對一個暢銷漫畫家而言，算是一筆小數目嗎？」

「如過是銷量突破百萬冊的漫畫家，這的確並非拿不出的金額。尤其是里井老師作品，動畫化電玩化的做得很大。所以在各個銀行裡都有存款金額相當驚人的戶頭。但不管再怎麼說，世上應該沒人會覺得一億圓是一筆小錢吧！也就是說被偷走的，是里井老師不惜支付這麼龐大的金額也要拿回來的一百萬。或許，這裡頭有什麼內情……」

內情。會讓一百萬的重要性高過一億圓的內情……如果是寶石或畫作還有點道理，因為寶石和畫作具有物以稀為貴的價值，對於持有者而言，價值的確可能高於售價。市場價值不見得就是持有者心中的價值——也有人會花一億圓去買個一百萬的戒指吧！或許那枚戒指接著又以超過兩億圓的價格被轉賣掉。也可能是父母的遺物、情人送的禮物這種感情價值的例子。

然而，一百萬的鈔票橫看豎看、左看右看還是一百萬的鈔票不是嗎……不管在什麼樣的價值觀下，無論由哪個文化圈的人來看，都只是一億的百分之一而已。這不是經濟學問題，而是算數的問題。

「里井老師本人怎麼說？」

「我當然也問過了，但老師只是顧左右而言他，不肯老實告訴我。理由說是說了，但是每次給的答案都不一樣，而且聽起來完全沒有說服力。就算我打破砂鍋問到底，只要一句『自己賺的錢想怎麼用是我的自由』我就不好再追問下去了。搞得我像是在責怪被害者，要弄哭了我也很麻煩。」

「弄、弄哭？」

又不是小孩子了……但紺藤先生的表情很正經。要說沒有經歷過挫折就實現夢想的天才都有些稚氣未脫或許也是真理，並非誇大其詞。

「所以為了擺脫這個困境，我才想問你，厄介。到底在什麼樣的情況下，會產生願意用一億圓來換回一百萬的心態呢？在你過去深陷風暴的經驗裡，曾發生過類似的事嗎？」

對我恩重如山的紺藤先生難得有事情拜託我，我卻只能忘恩負義地給他不是他想要的答案——我沒有這樣的經驗。雖說我這輩子蒙受過無數次不白之冤，但是倒也還沒被人冤枉過在「綁架」一百萬之後，還要求一億圓贖金這種亂七八糟的罪名。

「這樣啊……也是，畢竟這是里井老師個人的問題，大概只有里井老師本人才知道吧。天才的想法是難以理解的。不好意思啊！厄介，問你這麼奇怪的問題。」

「請千萬不要向我道歉，紺藤先生，這樣只會讓我無地自容……不過，這麼說來，除了里井老師以外，至少還有一個人知道內情不是嗎？」

「誰？厄介，我不知你在說誰。」

「那就是綁匪——打恐嚇電話來的人啊！犯人顯然知道箇中內情，才會把一百萬從里井老師的工作室偷走，然後要求一億圓的贖金，而且確信這是合理的代價。」

換個角度想，或許能從這個方向把犯人揪出來，可是里井老師似乎沒有想要揪出犯人的欲望。里井老師的目的只想把遭竊的一百萬拿回來，並且說要付一億圓還是兩億圓都無所謂。

「如果里井老師認為無所謂，要從編輯部的預算裡擠出一兩億也不是問題，因此害里井老師的工作延宕才是編輯部，乃至整個漫畫業界的損失……只要當成是必要的支出，還是十分合算的。」

把一億圓當成必要支出也太闊氣了。天才就可以得到這麼好的禮遇嗎？欠缺正當性的嫉妒油然而生。犯人應該不會提供收據，所以要把這筆交易列為必要支出將會有實際上的難度吧。不過既然紺藤先生都這麼說了，就不是不可能的事。畢竟他是個將各種「不可能」變成可能的狠角色。

「可是紺藤先生，你是以付錢就能平安拿回遭竊的一百萬為前提吧？」

「是啊。然而明明付了一億圓，卻還是拿不回一百萬——才是現在想像得到的結局裡，最有可能成真的未來。」

「沒錯……簡直是一頭牛被剝兩次皮。畢竟犯人沒有理由乖乖遵守約定把一百萬寄回來，如果是那麼講誠信的傢伙，打從一開始就不會犯罪了——不僅如此，最糟糕的情況是可能會有第二次、第三次，下次可能就不只一億圓，可能會被無止境地榨乾……」

「當然，自己工作賺來的錢要怎麼花的確是里井老師的自由。只是站在編輯的立場，實在不樂見小小年紀的讀者們用來買漫畫的零用錢就這麼流向犯人的口袋裡。」

「紺藤先生。」

「怎麼了？厄介。看你的表情，似乎有什麼好主意。該不會是想起什麼跟用一億圓交換一百萬很類似的案件了？」

「不是，我已經把記憶翻來覆去翻個遍了，就是沒經歷過這麼不可思議的事……我不是想起，而是想到一件事，說不定可以幫上你的忙。」

「光是這樣聽我訴苦，就已經幫了我大忙了。厄介，你還能為這個束手無策、走投無路的我做些什麼呢？」

「你要是走投無路的話，像我這種人早就切腹自殺了。先別說這個，你剛才提到那卑鄙的犯人是警告『不准報警』吧？那麼紺藤先生，請讓我——」

我接著說。

「——讓我找偵探來幫忙。」

4

憑良心講，聽完紺藤先生的煩惱，關於這件讓聽者無不感到困惑的事，我其實不想麻煩今日子小姐。不是因為案情太過於匪夷所思，而是因為直接委託人是紺藤先生——這才是我不想找今日子小姐最大的理由。就以我身為同性，也不禁對紺藤先生溫文爾雅、高尚又泰然自若的言行舉止佩服得五體投地，再加上他還是個在品格上挑不出毛病來的好人，看在我這種一無是處的傢伙眼中，他的存在耀眼得令人忍不住想要別開眼睛。無論外表還是內在，他都是從教科書裡走出來的「好男人」。就連這次的事，也感受得到他是打從內心擔心那位漫畫家才來找我商量的，而不是為了錢。就算各位看官認為我是個心胸狹窄的傢伙也無所謂。我必須承認，我的確不想把條件這麼好的單身男士介紹給今日子小姐。

不過仔細想想，我其實是杞人憂天、想太多了——因為不管遇到條件再好的單身漢，今日子小姐一覺醒來就會忘了這名充滿魅力的男人。不管是不是工作上的事，到了第二天，前一天的記憶就會忘得一乾二淨，無以為繼。

今日子小姐只有今天。

無論是美好的邂逅、命中注定的良緣、或者是奇蹟般的偶然，總之到了明天就會皆化為虛無——就像她完全不記得過去已經「見過」無數次的我一樣，不管對他的印象再好，一到明天，今日子小姐就會忘記紺藤先生，而且再也想不起來。

所以現在不是為這種小事嫉妒的時候。

必須在銀行開始上班的星期一以前搞定，再加上為了避免醜聞，必須盡可能私下解決。基於這兩點，我只能從一長串的偵探名單裡指定解決案子最快的偵探——今日子小姐。

同時也是忘卻偵探——今日子小姐。

如此這般，我決定明天——星期天的下午去拜訪漫畫家里井有次工作的地方，當然，紺藤先生也一起去。這是我有生以來第一次有幸見到漫畫家，出人意料的是，里井老師是位女性。畫少年漫畫的女性故意取男生的名字好像是常有的事，可能是因為很多讀者會因為作者是女性而心存成見吧！

「畫少女漫畫的男性漫畫家會被看得更扁喔。而里井老師一直對外宣稱是男性作家，所以這件事也請務必保密。也要提醒那位偵探——她應該不用我多說吧？」

「別擔心，她可是忘卻偵探。」

我說完向里井老師問好。在沒想到她是女生的意外推波助瀾下，看起來就是個嬌小可人，長相甜美的女性——與其說是「女性」，她更像個女孩。素色的T袖搭配拼接的棉裙，無從分辨是工作服還是家居服。聽說才剛滿二十歲，說是十幾歲的學生也沒人會起疑。看上去實在不像是能隨意調度以億為單位金錢的人。

她似乎也不認為我在遇到這種事的時候會是個可靠的男人，既不回禮，還用狐疑的眼神瞪著我。我很想說自己早已習慣這種視線，但這是不可能習慣的。為了迴避她的視線，我擠出幾句恭維話。

「好、好乾淨的工作室啊！不好意思，我一直以為漫畫家的工作室會更亂些。」

實際上也不是恭維，這個房間確實很乾淨——里井老師將高級公寓的一戶作為工作室，擺滿了高性能的電腦，與其說是漫畫家工作的地方，更像是科技業的辦公室。

大家都說以前的漫畫家是很容易踏出第一步的行業，既不用前期投資，只要有紙和墨水就可以工作了，可是現在似乎完全不是這麼一回事，製作上需要很多設備……所以要是紅不起來，可是會背上一屁股債的。就像紺藤先生說的那樣：「不是沒錢就可以形容的。」

「里井老師都是提供電子檔呢！我也樂得輕鬆。助手們今天都上哪兒去了？」

「我讓他們放假了，反正現在也沒心思畫圖。」里井老師小聲又簡短地回答紺藤先生的問題。

漫畫家竟直言不諱說現在沒心思畫圖，身為總編輯的紺藤先生心裡鐵定是難以忍受。但不愧是紺藤先生，只說了一句：「這樣啊？那得趕快解決才行呢！」編輯和漫畫家的關係可能有成千上萬種，而紺藤先生和里井老師的對話就像是氣定神閒的父親和青春期的女兒。

青春期的女兒叨念數落著父親。

「我說了……明天一早就去銀行。我明明只是請你陪我一起去，為什麼要把事情搞得這麼複雜呢？」

「別擔心，這位隱館先生原本也是作創社的員工，是我最信得過的朋友之一，所以不用擔心他會走漏風聲。」

「唉……可是還找來什麼名偵探，又不是在畫漫畫。」

被漫畫家這麼說，真讓名偵探的立場頗為難。就在我們談這些的時候，今日子小姐出現了。我原本有點擔心這裡不好找，但是她果然按照約定時間分秒不差地出現了。

剪裁好看的單色洋裝，腰間繫著細皮帶，上半身圍著一條紅色的絲巾。上次意外得知她的打扮從不露出肌膚的理由——今天大概也在皮膚上畫有這個工作室的地圖和約好的時間吧！

她那與年齡不符的滿頭白髮似乎把紺藤先生和里井老師嚇得目瞪口呆——這種反應我們已經見多了。咦？可是我昨天應該已經告訴過紺藤先生今日子小姐的髮色了呀？可能聽到和親眼看到的感覺還是不太一樣吧！

「初次見面，我是置手紙偵探事務所的所長，掟上今日子。」

今日子小姐自我介紹，深深地低下頭去，但低得過分，簡直變成了前彎運動。

「啊……你好。我是作創社的紺藤文房。這次要請你多幫忙了。」

紺藤先生連忙站起來，掏出名片——怎麼說，有點不像平常的他，總是從容不迫，言行舉止沒有一絲破綻的紺藤先生，似乎有些慌張無措。就算是被今日子小姐的白髮嚇到，他也不是個會被奇異的第一印象左右的人才是。

「我是里井有次，請多指教。」

反倒是沒有名片，但仍以沉穩眼神示意的里井老師看來比較冷靜。話說回來，里井老師也毫不遮掩地顯露自己對於偵探這類，日常生活中不太會有機會接觸到的人種充滿興趣，態度和面對我的時候明顯不同——該說真不愧是漫畫家嗎？即使被捲入怪事的漩渦中，依舊不減損這方面的好奇心。

今日子小姐與他們打完招呼，轉過頭來看我。我一下子想不明白她為什麼要那樣看我，隨即反應過來。今日子小姐是在等我自我介紹——是的，對於今日子小姐而言，我跟紺藤先生、里井老師一樣，都是第一次見面的對象。不管見面過幾次，都是初次見面。

「我、我是今天早上打電話給你的隱館厄介，至今已經受到好幾次今日子小姐的照顧……」

「哦，是這樣啊。」

今日子小姐不以為意地說。「已經受到好幾次今日子小姐的照顧」這句話對她毫無意義——的確，聽到這種話，今日子小姐頂多只能回我一個制式的笑容。雖說我總是因為自己一點印象也沒有的過錯備受責難，但讓今日子小姐因為自己一點印象也沒有的恩惠受到感激，也只是徒增當事人的困擾。

「那麼由於時間不多，請容我趕快切入正題。可以告訴我詳細的前因後果嗎？」

今日子小姐對於在更級研究所一別之後與我的再會，理所當然是一點感動也沒有，迅速地就進入了偵探活動的模式。雖然覺得有點寂寞，但也只能告訴自己，這也是無可奈何。

算了，至少這次我不再是嫌犯，可以用比較平靜的心情與今日子小姐處在同一個空間裡——光是這樣我就該知足了。但說是知足，這份幸福也實在太微不足道了。可見我真是胸無大志的男人。

「那個……」

就在所有人皆已落座的同時，里井老師怯生生地開口了。

「雖然紺藤先生自顧自地把事情鬧大，呃……偵探小姐，我並不想抓到犯人，我只是……只是想把被偷走的東西拿回來……」

提到暢銷作家，固然一時難以擺脫任性、蠻橫的偏見，但是打算屈服於這麼莫名其妙的脅迫，讓我對里井老師的人格也有些存疑，不過從她對今日子小姐還相當有禮貌的態度來看，她或許比我還融入這個社會。看來她剛才之所以會對我像是視而不見，主要可能還是我做人太失敗。

「別擔心，我會遵照委託人的意思去做。既然只要把被偷走的東西拿回來，那我就在今天之內幫你拿回來。」

當然，今日子小姐可沒忘記在這句自信滿滿的台詞後面再補上一句。

「然後明天就忘得一乾二淨。」

5

不管案件的內容再怎麼前所未有、異想天開，故事本身倒是不怎麼曲折離奇，所以一下子就講完了。當紺藤先生把跟我講過的話重述一次的時候，今日子小姐也沒特地說什麼，貫徹聆聽，頂多不時點頭附和一下。我還暗自期待里井老師會不會解釋得更詳細一點，但她只是一臉不悅地在紺藤先生的講述過程中，從頭到尾保持沉默，彷彿是在暗示希望快點結束——雖然那股無言的壓力，對於今日子小姐而言是毫無效用的。

她從各方面來說都是我行我素的人。

「原來如此，我心裡大概有個底了。」

今日子小姐一臉平靜地聽完「拿一億圓來交換一百萬」這個破天荒的要求，微微一笑。雖說我打電話的時候，已經事先告訴過她了，但她的反應還是令人難以理解。

「里井小姐。」

冷不防，今日子小姐突然開口對始終保持沉默的里井老師說。里井老師擺出充滿戒心的防禦架勢，反問：「什麼事？」

「當我接下隱館先生的委託，便拜讀了已經發行的十二本單行本，內容實在非常有趣，令人不忍釋卷。尤其是阿布雷希特死掉那一幕，讓我不得不邊哭邊看。在如此動人的戰爭背後，眼見歷史謎團抽絲剝繭地逐漸揭曉，更使我讀著讀著不禁肅然起敬。」

「啊……好、好說，這樣嗎？謝謝你……能得到偵探小姐如此的讚賞，是我的榮幸……」

里井老師尷尬地回答。無論她的心牆築得再高，在面對讀者的時候也無法一直擺出那種有一搭沒一搭的態度吧。我猜今日子小姐就是算準這點有備而來的。問題是，只有今天的今日子小姐擔任所長的置手紙偵探事務所只接受當天的預約，我委託她也是今天早上的事，距離現在根本沒隔多久，她居然已經看完了十二冊單行本才來，真是駭人的敬業態度。哪像我，昨天就已經介入這件事了，到現在卻連碰都還沒碰過里井老師的作品……

「原來現在的少年漫畫，設定和伏筆竟然都變得這麼複雜啊，要看懂還真不容易。雖說這就是魅力所在，但還真讓我深感自己不識泰山。我這麼說或許很失禮，那樣複雜的架構，真虧老師不會搞錯呢！」

「因、因為我是作者嘛……要是連我都搞錯的話怎麼行。」

里井老師有點害羞地笑著說。正當我還在思考今日子小姐所知的「少年漫畫」究竟是哪個年代的哪些作品時，又見她笑容可掬地問里井老師。

「要是我的話，一定馬上就忘記了呢。老師有像是記錄靈感用的筆記本或設定集之類的資料嗎？」

「有、有是有……但是可不能給你看喔。」

里井老師先發制人對充滿好奇心的今日子小姐說。不過，就算是場面話，今日子小姐也問得太多了，可能會讓里井老師好不容易放下的戒心又再度升高。但或許今日子小姐只是因為必須釐清里井老師願意為一百萬付一億圓的原因，所以才這樣東問西問試圖找出個頭緒吧……

「呵呵！我才不會提出那麼厚臉皮的要求呢——話說回來，這裡並沒有其他編輯在場，莫非紺藤先生就是里井老師的責任編輯嗎？」

「是的，沒錯。她從出道就一直由我負責。雖說我也覺得是時候讓年輕人接手了……但畢竟是里井老師是我們雜誌重要的作家，所以接任的部下也必須精心挑選過才行。」

雖然我並不覺得有什麼不自然的地方，不過說來在作創社裡，由總編輯直接對漫畫家的確算是特例也說不定。就算因為是暢銷作家，但這樣的特別待遇對其他的作家也無法交代吧！剛到工作室的時候，今日子小姐看我的表情（即使是初次見面）之所以跟平常不太一樣，或許就是因為她以為我才是里井老師的責任編輯吧……不過，我不認為這跟這次的案件什麼關係就是了。

「原來如此原來如此，那麼……」

閒話家常（？）告一段落後，今日子小姐這麼說。

「請讓我整理一下。我會遵守約定，盡全力解決這件事。只不過，怎樣才算解決呢？」

事到如今，為什麼還要問這種連三歲小孩也知道的問題呢——但是仔細想想，這裡的確是個模糊地帶，紺藤先生和里井老師就是在這點僵持不下……所以就今日子小姐的立場，必須搞清楚這點，才能進入主題。

里井老師基於只有自己知道的原因，就算要花上兩億圓，也要拿回那一百萬。至於紺藤先生，能的話應該也會想知道箇中緣由吧？而且說不定甚至希望讓膽敢恐嚇寶貝作家的可惡犯人，接受法律制裁。

「偵探小姐，如果付了錢就能拿回被偷走的一百萬，我認為付錢就好。至於犯人是誰什麼的，根本沒關係。」

果不其然，這便是里井老師的答案。

「的確，若不仰仗警方的鑑識能力，可能並不容易特定犯人身分。或許是考量需要進出工作室的人多，我整個看下來，這裡的防盜保全措施顯然不算是完備。」

今日子小姐似乎是在剛才聽紺藤先生說明事情的來龍去脈時，同時觀察這裡的保全——不，聽她這麼說，應該是連這棟公寓的外面也調查過了吧！真是無懈可擊，或說是風馳電掣的可怕工作能力。

「只不過，就算付了一億圓，也不見得就能拿回那一百萬。食髓知味的犯人可能會提出更多的要求……紺藤先生擔心的就是這一點，你怎麼想呢？里井小姐。」

「……到時候再說。偵探小姐，我更擔心刺激到犯人，害他把那一百萬花掉。就連現在也好擔心。明明犯人交代不准報警，結果居然找了偵探來……根本是鑽文字漏洞……強詞奪理嘛。」

「有可能。對了，我想再請教一個問題，你覺得那通恐嚇電話裡的聲音很耳熟嗎？」

被里井老師平靜地責難擅自找來偵探這件事，讓提議人的我和紺藤先生感到如坐針氈，然而今日子小姐仍不為所動地又換了個話題。就連里井老師也被她那所向無敵的態度打敗，老實回答她的問題。

「不，那聲音我從沒聽過，也沒有顯示號碼……我不知道犯人是誰。」

「可以請問你接到電話的正確時間嗎？」

「呃……大概是星期五的傍晚……」

「不好意思，可否讓我看通話紀錄嗎？因為人類記憶實在太不可靠。」

「……」

或許是不滿自己的記憶力受到質疑，里井老師看來不太高興，但似乎也不好向每天記憶都會被重置的忘卻偵探針提出反駁，於是嘟著嘴拿出手機，交給今日子小姐——她的手機是最新型的智慧型手機，我有點擔心沒有最新知識的今日子小姐不會操作，然而她的適應力果然不凡，隨即操作起觸碰式面板。但這或許表示時下智慧型手機的操作直覺性極高。里井老師似乎沒有設密碼，今日子小姐很快地就找到了通話記錄。通話記錄內容幾乎都是「紺藤先生」，只有一件「未顯示號碼」來電顯示，時間則是前天——星期五的傍晚六點十五分。

看到那筆來電紀錄，今日子小姐似乎確定了什麼，微微一笑。

「……有、有什麼好笑的？」

「抱歉，是我失態了。」

今日子小姐把手機還給里井老師。

「那麼，委託內容就決定是『取回被偷走的一百萬』，好嗎？所需經費是一億圓以內，我會盡可能把它壓低一些。」

「十億圓也無所謂。」

里井老師說出一個嚇死人的天文數字。就連紺藤先生出聲斥責她：「說這什麼傻話！」里井老師雖然被他這一聲嚇得縮成一團，但卻仍叛逆地瞪著紺藤先生——真的很像父女吵架。然而不管行為再怎麼幼稚，里井老師已經超過二十歲，實在不是能作為紺藤先生女兒看待的年紀……

紺藤先生轉身面向今日子小姐。

「這筆費用將由編輯部支付，只要能解決問題，要花多少錢都無所謂……我雖然很想這麼說，但作創社畢竟也是一家公司，還請不要開出太過於不切實際的天文數字。」

「請不用擔心。我之所以說一億圓，只是為了要表達雇用我可以降低被害的金額，實際上應該不用花到這麼多。不過，必要支出和要付給我這個偵探的酬勞是分開算的……可以換個地方討論一下酬勞的問題嗎？」

「？」

紺藤先生表示不解，我也有同樣的疑惑。支出經費和酬勞分開來計算，這點可以理解，可是有必要特地換個地方談嗎？或許是今日子小姐考量這筆錢既然是作創社要付，交涉酬勞時就不必讓里井老師參與吧。

里井老師雖然堅持既然是自己賺的錢，要怎麼花是她的自由，但換作是為了自己要花到公司的錢，在心理上可能會造成很大的負擔。雖然要硬是說「以宏觀的角度，公司的錢也是靠販賣我的作品產生的收益」也是可以通，但畢竟里井老師並非那般老奸巨猾。

「我明白了，掟上小姐。既然如此……走吧。厄介。」

在紺藤先生的催促下，我也站了起來。話說回來，我只是順勢陪同至今，其實只是個局外人，這次連嫌犯也稱不上，原本在把今日子小姐介紹給他們以後就可以回家……我此時應該趁機告辭才是吧。可是，我實在很難有機會在自己不是當事人的情況下見到今日子小姐，不自覺地就一直待了下去——順著紺藤先生的安排走。說來紺藤先生該不會是因為察覺到我的心意，所以才故意邀我列席吧？

「請……請等一下，偵探小姐。」

就在這個時候，里井老師卻攔住了正要離開工作室的今日子小姐。里井老師不是一直把今日子小姐當成把事情鬧大的掃把星嗎？還想跟她說什麼？

「你……你不問我嗎？不問我為什麼會為了拿回一百萬，寧可支付那麼一大筆天文數字的理由嗎？」

「咦？哦……那個不用問。」

今日子小姐停下腳步，不帶一絲情緒地回答。說得也是，對於一天就是一生，每分每秒都彌足珍貴的今日子小姐而言，問這種想也不會得到回答的問題只是徒勞，已經知道只是白搭就不需浪費時間——我是這麼想的，但是實際上今日子小姐之所以不這麼問里井老師的原因，卻是迥然不同。

「對我而言，理由早就明明白白擺在眼前了。是啊，不管別人怎麼說，我也覺得那一百萬具有一億圓以上的價值。所以我不會搞砸的，就放心交給我這個偵探吧！」

6

總之，看到里井老師也認為付一億圓來換回一百萬是個不合常理的交易之後，我和紺藤先生都鬆了一口氣，反而是對今日子小姐完全站在她那邊的發言跌破眼鏡。

然而，也不便當場追究今日子小姐的用意，我們留下里井老師，離開她的工作室到作創社總公司的會議室繼續談話。由於是星期天，公司裡沒什麼人。先不管公司辦公室這場地適不適合用來解謎，但至少不需要趕人，算是還適合用來密談。

「紺藤先生經常那樣教訓里井老師嗎？」

才剛就座，今日子小姐就問了這個問題──紺藤先生似乎有些反應不過來，但仍說了句「讓你目睹如此難堪真是不好意思」試圖解釋。

「我還放不下看著她出道的那份自負……實在糟糕。其實是我不該把她這樣的暢銷漫畫作家，到現在還一直當成新人對待。」

「以下只是我的猜想，紺藤先生是否也曾嚴厲地教訓過里井老師把現金藏在冰箱裡的事？」

「啊？嗯……因為她實在太不小心了……就算不是身為她的責編，看到也應該會教訓她。可是，你為什麼會這麼想呢？」

「沒什麼，只是確認一下。」

今日子小姐沒有對此多做解釋，只是啜飲著眼前的咖啡——她是否要等到錢的事講清楚了，才要發表具體的推理呢？紺藤先生似乎也是這麼推測，於是開門見山地說道。

「那麼，掟上小姐，關於酬勞的問題……當然，是我們請你來協助解決如此奇怪的案件，所以我也打算支付你比隱館先生告訴我的行情要再高一點的酬勞。只是，如同我剛才所說，若是價位太超出常理……」

「咦？嗯，你誤會了，提出酬勞的事只是為了離開那個工作室的藉口，所以只要照正常給我費用就好。不瞞你說，反倒是解決這樣謎底簡單且顯而易見的案子，真的可以收錢嗎……我現在正和自己的良心對抗呢。」

今日子小姐打斷紺藤先生說的這些話。讓我張口結舌——開什麼玩笑。如果這麼奇怪的案件是「簡單且顯而易見」的話，那我希望今日子小姐可以把截至目前我付給她的委託費用分毫不差地退還給我。

「我不記得收過你的錢，所以絕對不會還你。」

被直接拒絕了。從她那溫吞的外表很難想像，今日子小姐對錢財意外地錙銖必較。這樣的今日子小姐居然說出「真的可以收錢嗎」這種話……這件事的背後，究竟隱藏著什麼樣的真相呢？

「既、既然如此，就讓作創社照正常支付你費用吧……那麼，很抱歉這樣催你，能否快點告訴我，打算怎麼拿回里井老師的一百萬嗎？」

紺藤先生用確實帶了些催促的語調說。但在那之前，我反而比較想知道今日子小姐為何要掰一個藉口「離開那個工作室」，難道里井老師在場會有什麼不方便的地方嗎？

「好的，且聽我娓娓道來。里井小姐雖然說不想追究犯人是誰，然而在就算付了一億圓，也無法保證能拿回那一百萬的情況下，要拿回那一百萬，最快的方法還是先特定犯人的身分。」

「話是這麼說沒錯……但是在不報警的情況下，要揪出犯人可不是件容易的事——這不是掟上小姐你自己說的嗎？還是那句話也是另有用意？」

「那時候我真的是認為要揪出犯人不太容易……但現在或許也成了另有用意吧。畢竟我的確不想讓里井小姐聽見關於揪出犯人的推理，甚至還刻意要換個地方談。」

不用我多問，今日子小姐已經回答我的疑問——也或許是她察覺我內心的好奇。不愧是名偵探，果然擅長觀察人心的幽微變化，真讓我佩服。然而今日子小姐接下來的發言卻一點也不近人情。

「我認為那偷走那一百萬的犯人，也是打恐嚇電話給她的犯人，恐怕就是受雇於里井小姐的某個助手，請從資歷最久的人依序調查，清查每個人在星期五傍晚六點十五分的手機通話紀錄……即使已經把紀錄刪掉了，應該也不會特地製造那段時間的不在場證明吧！」

「……你懷疑是助手幹的？『請依序調查』在我聽來，就像是要我依序懷疑每個人似的。」

聽了今日子小姐沒有前言後語，甚至有些冒昧的「不想讓里井小姐聽見的推理」，紺藤先生有些驚訝地提出抗議，火氣很明顯地上來了。

「我請你來並不是要你做出這種推理的……居然要我懷疑自己人。有什麼事馬上就懷疑到自己人頭上，這跟懷疑隱館老弟的那些人有什麼不同？」

「欸？」

今日子小姐一臉詫異地看著我——對了，「今天的今日子小姐」還不曉得我是很容易蒙受不白之冤的人。

「再怎麼說，我也是個偵探，不會根據那樣膚淺的推理去懷疑別人——之所以會懷疑助手，當然有足以讓人心服口服的理由。」

「要讓我同意你的這種推論，我想是不可能的。」

紺藤先生的態度依然強勢。不過因為在里井老師身邊工作的助手，大多都是透過紺藤先生介紹來的，難怪他會這麼說。提到這，就連我也無法站在今日子小姐那邊——的確，在缺乏由外部侵入的明顯痕跡下，懷疑同一職場的人是極其自然的推理，但除非罪證確鑿，還是不應該隨便懷疑別人吧。

「況且，如果犯人真的是某個助手，從恐嚇電話的聲音不就早知道是誰了嗎？」

「是，那也是線索之一……我也沒有斷定百分之百就是助手幹的。但是為了順利取回被偷走的一百萬，能的話我是希望在找到決定性的證據以前，就讓整件事和解落幕……」

今日子小姐像是要緩和紺藤先生的盛氣般地說道。或許是判斷不宜激怒委託人吧。接著她又補了一段話。

「所以我才會把里井小姐支開。總而言之，先聽我把話說完好嗎？倘若你聽完還是不能接受的話，我再任憑你處置。」

假設助手真的是犯人，那這的確是不能讓里井老師聽見的推理——只要在找到證據、把事情鬧上台面以前處理好，或許就能在不用讓里井老師知道誰是犯人的情況下，讓對方把那一百萬還來。只要告訴犯人，把那一百萬吐出來就不會將他扭送法辦……這個交易十之八九會成立吧！

「……那我就姑且聽你怎麼說。」

紺藤先生這麼說，是為了顧全我這個既是朋友、又是介紹人的面子呢？還是對於今日子小姐的自信另有想法？

「當然，你不會只揭曉犯人是某個助手，也會說明里井老師為什麼會甘願用一億圓去換回一百萬對吧？」

「沒錯，因為這兩點是息息相關的……」

今日子小姐正式開始解謎。即將揭曉看在我和紺藤先生眼中不可思議到極點，但是照今日子小姐的說法卻是簡單且顯而易見的謎底。

7

「當在電話裡聽到事情的來龍去脈時，我也覺得非常困惑，因為我完全無法理解里井小姐想用一億圓交換一百萬的動機。因此，我邊看里井小姐的作品，邊思考什麼樣的動機會讓人願意為一百萬支付一億圓。」

由於今日子小姐雄辯滔滔或許有些難察覺，但是試著想像當時的狀況，這偵探居然是邊看漫畫邊推理——安樂椅偵探也沒有這種的吧。當然，這是因為今日子小姐可以運用的時間很有限，也是不得已。

「一百萬再怎麼數還是一百萬，無論如何都不可能變成一億圓——一般我們都會這麼想，但是如果那一百萬是『特別』的一百萬呢？結果可能就不一樣了。而且從小偷完全不碰那些昂貴的電腦，卻僅僅偷走一百萬這點看來，更該假定那疊一百萬應該是具備特別意義。在看漫畫第二集的時候我想到，或許那是一疊與犯罪有關的鈔票。比方說，其實是以前發生的銀行搶案之中遺失的部分巨款……也就是說，倘若那一百萬流出市面，犯人過去所犯下的罪行，可能就會被警方順藤摸瓜地揪出來之類的。」

「你、你是說里井老師是搶銀行集團的成員嗎!?」

「只是打個比方、打個比方而已。」今日子小姐安撫著臉色大變，差點就要從椅子上跳起來的紺藤先生。

「當然，這種假設實在是太荒謬了，所以我馬上就捨棄這種想法。畢竟沒有人會把這麼危險的證據藏在工作室的冰箱裡，而且萬一真是犯罪證據，她應該也不會找紺藤先生商量。」

「可以不要打這種讓人笑不出來的比方嗎？掟上小姐。請別忘了我現在身為里井老師的責任編輯，不，身為一個男人的忍耐已經到了極限。」

「沒問題，我對自己的記性很有信心——一天以內的話。而且，剛才的比喻雖然荒謬，卻指出了兩條線索，所以我不得不打這個比方。話說回來，二位有什麼看法呢？請說出來做個參考。對於一百萬等值一億圓的情況，還有沒有什麼其他的可能性？或者是心裡其實已經有什麼假設了？」

「……老師本人是說，那是充滿回憶的一百萬，或許是她成為漫畫家，第一次領到的版稅之類的……」

「我在看完第三集的時候，也考慮到這個可能性——但你相信這種說法嗎？」今日子小姐反詰紺藤先生的回答。紺藤先生搖搖頭。沒錯，雖然這也勉強算是個理由，但就算如此，也不會願意支付一億圓去贖。

「如果是寶石，像是親人的遺物或情人送的禮物，放在身邊那多少還能理解。但若是親人的死後財產還是情人給的零用錢，沒有人會把金錢本身當寶貝珍藏吧！」

今日子小姐委婉地說。我也是這麼想——能與今日子小姐的想法一致讓我很開心，但這種程度的推理，換作任何人都會和今日子小姐想法一致吧！

「是的，所以我又想到一個可能性，一百萬會不會是什麼暗號，真正被偷走的東西其實另有其物呢……例如名字叫作『一百萬』的寵物。但那樣直說就好了，沒道理刻意隱瞞。於是我又想到會不會重點不是一百萬本身，而是夾在鈔票間的照片、信件之類的可能性……」

「嗯，這是非常傑出的假設，不過，這樣的話直說就好，畢竟東西拿回來的時候就會知道了。」

「說來，掟上小姐剛才向里井老師問了有沒有在用靈感筆記本的事……該不會是里井老師把作品的靈感寫在那一百萬的鈔票上吧？要是那樣，的確就有超過一百萬的價值了……」

「縱使不知道那是紙鈔，應該也沒人會拿萬圓鈔來當便條紙使用。就算不論貨幣的價值，紙鈔上根本沒什麼地方能寫字……隱館先生，你認為呢？」

今日子小姐把球丟給我，我也姑且將累積在心中的想法告訴他們。這是我在移動到作創社的途中想到，針對這件事的「推理」。

「假設這是『特別』的一百萬，會不會鈔票上的編號有什麼『特別』之處呢？聽說號碼都是同一個數字的鈔票很有價值。如果里井老師是個紙鈔收藏家……」

「厄介，我一開始也這麼想。號碼都是同一個數字，或者是連號的鈔票在收藏家之間的確很有價值。可是，頂多也就是幾倍而已，沒有到上百倍的價值。所以就算那一百張全都是有著同一數字編號的萬圓鈔，加起來也不到一千萬。」

是、是這樣的嗎？

「更何況，我從未聽說里井老師是這方面的收藏家。」

我無言以對。比起推理不正確，絞盡腦汁的推論竟是紺藤先生一開始就想到，而且還自行推翻的發想這件事對我打擊更大。在這種情況下的「想法一致」，實在說不上開心還只是傷心。我想今日子小姐肯定也早就考慮到這個可能性（至於是在看到第幾本的時候想到就不可考了）並自行推翻過了，但她卻跟我說：「這想法很不錯喔！隱館先生。」實在是太過獎了。

「注意到鈔票編號，真的是很不錯的發想。」

「咦？真、真的嗎？」

「剛剛之所以會打那個荒誕無稽的比方，也是為了強調這點——假設被偷走的一百萬是銀行搶案時遺失部分巨款，那為何一旦使用就會露出馬腳，就是因為『每張鈔票上都有流水編號』。就金額來說的確都是同樣的價值，但沒有任何一張鈔票是相同的……每張鈔票都不一樣。」

今日子小姐所說的這些都是理所當然。概括看來的確是一百萬，但世上沒有相同的一百萬……每疊一百萬都是獨特不同的，這聽起來是充滿了啟示，但老實說那又怎樣？就跟說「每個人每個人都是特別的唯一」一樣，只會讓人想反議那又怎樣。若非編號都是同一數字或連號，誰會注意鈔票的號碼。

「所以我才說有兩條線索，一是鈔票上的號碼，另一個則是……紺藤先生，就是你。」

「……我？我怎樣？」

不曉得她要說什麼，紺藤先生整個人進入警戒。今日子小姐則恰恰相反，微笑說道。

「我的意思是……我剛剛曾說如果是跟犯罪有關的一百萬被偷了，里井小姐應該不會找紺藤先生商量，但是『就算跟犯罪無關』，也沒必要非得跟紺藤先生商量吧？既然不想交代為什麼要答應那通恐嚇電話不合理的要求，里井小姐一開始不要找紺藤先生商量不就好了嗎？那樣也輪不到我這偵探來多管閒事了。若說對方要求不准報警還找偵探來是鑽漏洞的話，找編輯商量不也同樣說不過去嗎？」

「……可是，今日子小姐，其實在你抵達工作室以前，里井老師還稍微跟我提了一下，星期一去銀行的時候，希望我能陪她一起去……」

光用提款機是無法匯一億圓這麼龐大的金額的，但是在窗口辦手續的時候，被追根究柢地問一大堆也很麻煩，因為她這件個案看起來完全就是電話詐騙……一想到肯定會很煩瑣的匯款手續，會想要求助於信得過的編輯也是人之常情。

「沒錯，我想也是。因為她看起來也不是那麼徹底活在自己世界裡的人。

不過換個角度看，可看出里井小姐原本也沒打算對紺藤先生這樣堅持隱瞞。只是……之前才因為把巨款藏在冰箱裡的事被紺藤先生狠狠地數落過，所以這下就說不出口吧。」

她或許覺得這次會被罵得更慘——今日子小姐如是說。竟然因為怕挨罵所以乾脆不說，怎麼會這樣像小孩似的。可是想起里井老師給人的印象，再想起她和紺藤先生之間的關係，就覺得這也並非不可能。天才「不想挨罵」的心情，可能比凡人更強烈也說不定。

「說到這裡，兩位不覺得我們剛才說的話有點不太對勁嗎？」

「咦？哪裡不太對勁？要說不對勁，我覺得這整件事從頭到尾都很不對勁啊……」

「既然金額大到無法用提款機匯，臨櫃匯款又怕被問一堆有的沒有的，改用網路銀行不就好了嗎？」

或許是看透無法從我口中引導出正確解答，今日子小姐完全不賣關子地公布答案——網路銀行。對吔。經她這麼一說，還真的是這樣。如果急著想要匯款，只要用二十四小時、三百六十五天全年無休的網路銀行不就好了嗎？既不用面對任何人，匯款金額上限也遠比提款機還要高出許多——而且里井老師的資產分散在好幾家銀行裡，要從多個戶頭匯個一億圓到指定的戶頭裡應該不難吧！雖然手續上還是要等到星期一才會入帳，但這麼一來里井老師便能夠省去前往銀行窗口辦手續的煩瑣，亦即不必找紺藤先生商量就能搞定一切才是。

雖然我因為對於在網路上處理金錢仍然感到不放心，至今幾乎沒有用過網路銀行，但是就連原稿也是用電腦畫，身為時下年輕人的里井老師，想必不會像我這麼跟不上時代的流行。而且還拿著最新型的智慧型手機，用那個應該就能輕鬆匯款了吧……

「掟上小姐，老師不用網路銀行匯款，跟這事有什麼關係嗎？而你說了半天，卻始終沒有說到你為什麼要懷疑里井老師的助手啊。」

「放心，馬上就要說到了。重點不在於她『不用』網路銀行的理由，而是她『不能用』網路銀行的理由——你知道為什麼不能用嗎？」

與剛才的問答不同，這個問題的答案應該只有一個吧！說到想要用網路銀行卻不能用的情況，只有……

「忘記密碼……啊！」

一開口我就想通了。密碼。是密碼嗎？密碼是不能忘記的。但有時還是會忘記。就算不是今日子小姐也會忘記。怕忘記就先寫下來吧？一般說來是如此，但事實上把密碼寫下來，在安全管理上是一把雙面刃。雖能以防萬一忘記，但寫下來的紙可能會丟失，也可能會被別人看見。就算將其暗號化再寫下來，要用時說不定連怎麼解都忘了。真要疑神疑鬼，可是沒完沒了的。

但是……既然如此……也就是說……不會吧……

「里井老師該不會是……把鈔票的編號設作密碼吧？」

8

「動不動就把傘搞丟的人想出來的對策，或許就是買一把好幾萬塊的傘……出發點是一樣的。為了不要弄丟鑰匙，乾脆直接打一把昂貴的鑰匙——但這麼做，卻又也是要面對鑰匙被偷的風險。」

「可、可是……」

紺藤先生似乎還想對今日子小姐說什麼，卻什麼也說不出來。我對里井老師的事並不了解，或許紺藤先生被這麼一說，也認為里井老師的確有可能這麼做。至少這種說法比什麼紙鈔收藏家更有說服力。

鈔票編號的確是個盲點，乍看之下只是隨機的英文與數字排列組合，但卻是非常難猜的密碼——至少用矇是絕對矇不到的。實際上，若真的是密碼，那些紙鈔的價值確實是會比面額本身大上數倍、甚至數十倍以上……再怎麼低估百萬暢銷漫畫家里井老師的存款金額，當然不可能少於一百萬圓，但也絕不會少於一億圓吧！她還說就算要花十億圓也無所謂，這個金額想必也不是隨口說說。為了拿回這個密碼……咦？等一下。就算如此，有必要花那麼多錢取回密碼嗎？或許暫時不能使用網路銀行，但是只要直接打電話給銀行，凍結戶頭不就好了嗎？

「單就網路銀行是這樣沒錯，而且現在到處都在推行一次性的密碼，這實在不是什麼大問題。可是，那不過只是百分之一呢……萬一她偷走的密碼最多有一百個呢？」

網路銀行以外的密碼？她分明連手機都沒有設密碼……像是電腦開機時的密碼嗎？對於用電子檔交稿的漫畫家來說，電腦不能用的確很要命。或者是私下玩的網路遊戲密碼——對於沉迷其中的人來說，遊戲帳號的確比性命還重要。信用卡或網路購物的密碼就不用說了，再加上……

「……再加上雲端的帳號。」

紺藤先生抱頭一臉苦澀。

「要是里井老師將作品的構想保存在雲端的話……那麼無論付出什麼代價，都想把密碼拿回來吧！就算要付十億圓也在所不惜。」

「恕我失禮……雖然我實在沒什麼資格說這種話，但里井小姐的記性似乎不太好的。她到臨別前都還是叫我『偵探小姐』，手機之所以不設密碼，可能也是因為忘了就麻煩吧。至於當我提到靈感筆記本的時候，她那過度的反應則是本次推理的關鍵——因為她似乎很不想被人提到這方面的事。」

我還以為那些對話是為了讓她卸下心防的場面話，沒想到今日子小姐早在那時就已經在進行各種試探。不對，說到這個，我實在不認為只有今天的今日子小姐會知道雲端和網路銀行的事，看樣子她是連這方面的知識都事先預習好才來的——今日子小姐似乎打從一開始就已經做好這個假設了——而且還是邊看著漫畫。難怪她會說真相簡單且顯而易見。

「如果是自己家裡也就算了，把一百萬這麼一大筆錢放在工作室裡也很匪夷所思。但是，倘若有什麼原因一定要放在工作室裡的話，我猜想或許那一百萬——至少是其中一部分——應該是要用在工作上的。」

嚴格說來，紙鈔的編號顏色不同便可能有相同排列，而實際上就算一百張紙鈔有一百種編號組合，也不太可能拿所有編號來當作密碼，頂多只會拿一半以下，或許四分之一左右作為密碼，剩下的只是障眼迷霧。如果只是這樣的量，只要記住開頭的英文字母對應哪些服務，就算記性不太好，也不至於搞混這些密碼吧！

「掟上小姐懷疑助手的理由……而且是懷疑待得較久的助手的理由，是因為待得愈久的人看見里井老師在工作時，去看過冰箱裡的鈔票之後才登入雲端服務的可能性愈大吧……也就是說，不只是到鈔票藏在哪裡，還知道那些鈔票為何『特別』的人，必定是在工作室裡工作的……」

「這也是原因之一。」今日子小姐泰然自若地說。「犯人給我的印象是——他確信里井小姐會為那一百萬支付一億圓的贖款。不是從已經完成的原稿，而是從變成作品之前的點子與靈感就能看出那價值的人——也就是能夠理解那些點子與靈感真正的價值的，我認為應該只有一起工作的伙伴吧。」

「……」

紺藤先生默不作聲地聽著。我不知道他怎麼解讀今日子小姐推理的根據。單就結果而言，「因為是理解彼此工作價值的伙伴才可疑」的想法，跟無憑無據就懷疑自己人其實只有毫釐之差。話說回來，紺藤先生那重視漫畫家作家性的立場跟今日子小姐的推理也只有毫釐之差。差別只在於紺藤先生是編輯，今日子小姐是偵探，如此而已。

「可、可是……今日子小姐，你不也自信滿滿地同意里井老師說的話，認為被偷走的一百萬具有一億圓以上的價值嗎？今日子小姐又沒有跟里井老師一起工作過……」

我為了打破僵局如是說。實在不忍心眼睜睜地看著對我恩重如山的紺藤先生被堵得一句話也說不出來，只好故意對同樣於我恩重如山的今日子小姐雞蛋裡挑骨頭。再也沒有比這個更蠢的問題了。事實上，今日子小姐立刻笑著回答。

「這個嘛，因為我雖不是創作者——卻比任何人都清楚記憶的價值，和失去記憶的恐懼。雖然不太確定，但我每天大概都在深刻感受這回事呢。」

9

關於這之後的二三事，大概就是留個紀錄意思一下——這次幾乎沒什麼哏能拿來畫蛇添足。但我還是想寫一下幾件有點在意的事，作為今後的參考。

從里井老師工作室的冰箱裡偷走一百萬，而且還打電話到她的手機裡勒索的人，果然如同今日子小姐的推理，是其中一個助手——由紺藤先生親自調查，在那之後只花了幾個小時就找到人了。也讓我再次見識到了紺藤先生的能力。據說，那個人還當過組長，是助手中的老手。從「當過」組長這種過去式的說法，不難推斷出那個人或許鬱鬱不得志，只是直到最後，仍舊沒去揭曉他的明確動機。

息事寧人。

或說是——讓誰都不吃虧。

話說回來，今日子小姐並非萬能的偵探，所以也有些推理失誤。像是里井老師未能從恐嚇電話裡的聲音聯想到犯人是誰這點，今日子小姐認為那是因為里井老師的記性太差——因此，她認為犯人的動機可能跟里井老師這種連對方的聲音都記不住的輕忽，亦即天才從不把周圍的人放在眼裡的態度有關，但這個推理完全揮棒落空。

里井老師在此其實做了偽證。事實上，當她在接到恐嚇電話時，就已經大概知道犯人是誰了。但因為我也是聽二手消息，所以也不敢說得太肯定，聽說她似乎甚至想包庇犯人。不過她或許也大致察覺，或是有所自覺犯人為什麼會這麼做……不過應該是沒有根據，所以不便作出不確切的指控。這該說是創作者的天性嗎？還是因為天才所以隨性呢？比起犯人是誰，里井老師更在乎能不能拿回雲端的密碼。委託人是會說謊的——今日子小姐說得一點都沒錯。不過嚴格說起來，里井老師也不是這次案件的委託人。

順帶一提，設定網路服務的密碼時照慣例還會有個「提示問題」要填，里井老師說她都是隨便輸入一行字串——不儲存密碼，設定成每次都要重新輸入，也不設忘記密碼時的提示，或許也算是一種安全措施，尤其這次遇上自己人犯案，顯得她的作法可說是相當正確的。

犯人悄悄地離開里井老師的工作室，今後大概無法在作創社工作了。但遭到的制裁就只有這麼點——用這般不黑不白的灰色裁決作為交換，總算拿回里井老師的一百萬。犯人的說詞好像是「只是想發洩一下，不管是一百萬還是一億圓都打算歸還的」，可天曉得呢？這也太可疑了——雖然無憑無據地懷疑人真的不太好。

「但是，真讓人想不通。雖是拿鈔票流水編號當密碼才導致這場風波，那作法說來也的確欠缺思慮，但仍然還是比把錢藏在冰箱裡好一點吧。就算據實以告，我想也不會被責罵才是……要是里井小姐能一開始就對紺藤先生說實話，事情也不會變得這麼複雜。」

把收拾殘局留給紺藤先生，和今日子小姐走出作創社之後，我這麼自言自語——倒也沒有期待能得到什麼答案，但今日子小姐卻開口回答。

「里井老師大概是喜歡紺藤先生吧！我在紺藤先生面前雖然說她是因為不想挨罵，但其實只是單純不想丟臉吧！或許也可能是不想讓紺藤先生覺得她是個笨蛋而感到失望。」

她話說得直接，也沒個註解。想當然，我驚訝得眼珠子都快掉出來了。

「這、這又是什麼推理？今日子小姐。」

「這根本不需要推理，就只是直覺——女人的直覺。這樣說好像不太好聽，那就說是來自印象吧。關於這方面，我可從來沒有看走眼過。」

「……」

「不過，紺藤先生的確是個好男人，如果犯人是女性的話，動機可能也跟他有關……可能吧！」

我覺得紺藤先生與里井老師的關係就像父女，但今日子小姐的印象或許才是對的。至少以年紀來說——紺藤先生又是單身。不過今日子小姐的立論畢竟是從里井老師的角度出發，沒有提及紺藤先生的想法。雖說不是身為偵探的直覺而是身為女人的直覺這點還蠻有說服力，但這樣囫圇吞棗地接受她的說詞是很危險的。就連她說從來沒有看走眼，也只是她對自己的評價，很有可能只是忘了自己曾經看走眼……回頭細想，里井老師手機裡的通話紀錄除了犯人打來的未知來電顯示以外，幾乎都是紺藤先生打給她的，雖從這點的確是可以建立起如此假設，但是彼此工作往來頻繁的話，會這樣也算是很自然，藉此斷定誰喜歡誰未免也太穿鑿附會。當時今日子小姐之所以會噗哧一笑，應該只是里井老師沒給手機設定密碼的行為坐實了她的推理而已吧。

可是……

可是，雖然身為說故事的人這麼說實在不應該，但是我真的不想再繼續深究這個似乎攸關釐清真相的重要話題——因為今日子小姐說紺藤先生是個「好男人」，雖然我不確定她說這句話有幾分真心，總之我不想再和今日子小姐討論紺藤先生了。

因此，這故事就到此結束——我很想畫下句點，但還有件事非提不可。這是在紺藤先生告知我後續發展時發生的事。事件雖然沒有真正水落石出，但終究還是解決了，里井老師也沒有休刊，順利繼續漫畫連載……當我正為其感到慶幸，紺藤先生卻在最後這麼問我。

「厄介呀，掟上小姐以前是不是曾在國外住過啊？她長得跟我在作創社海外分公司工作時所遇見的某個人真的很像呢……」

看樣子，紺藤先生第一次見到今日子小姐的時候，之所以會表現得那麼驚訝，絕不只是被她的滿頭白髮嚇住，而是因為她長得和自己熟識的人一模一樣。我雖然大感錯愕，但還是告訴他自己是在兩年前認識今日子小姐的，並不清楚在那之前的事。

「是嗎……那應該是我認錯了，只是長得很像而已。因為那個人沒理由現在會在日本當偵探……而且個性也完全不一樣，說好說壞都不會是這麼不客氣的人。我也太多嘴了，你就忘了吧。」

紺藤先生這麼說，這話題也到此為止——只是就算要我忘了，我也不可能就這麼忘記。

在我看來，自從遇到今日子小姐以來，她一直都是個偵探。在我有難的時會出手相助的置手紙偵探事務所，所長掟上今日子小姐——可是，在失去記憶以前，在記憶不斷歸零以前的今日子小姐，確實存在於某個時間、某個地點。就算紺藤先生以前見到的「那個人」只是長得像，不是今日子小姐的今日子小姐，亦即「昨天的今日子小姐」必定也曾經存在於某個時間、某個地點。

這麼理所當然的事，直到那天，我才第一次意識到。

今日子小姐失去的設定——可能是遺落在國外，也可能遺落在另一個完全不同的地方。但能確定的是，不管使用什麼鑰匙，無論付出多大的代價，也永遠無法取回，那個設定也永遠無法回到今日子小姐身上。任憑思緒馳騁在她的過去，讓我再一次體認到，今日子小姐確實——真的只有今天。

（我為你介紹，今日子小姐——忘卻）

第三話

請問有空嗎？今日子小姐

1

偵探或多或少都會受到好奇心驅使而採取行動，這也不侷限於出現在推理小說裡的名偵探——專門負責調查外遇或個人來歷，那些所謂現實中的偵探也不例外，「想要知道」被隱藏、被掩蓋情報的那種心情，正是他們專業精神的原點。這點由我——隱館厄介，這個過去經歷過無數案件，甚至還曾經差點被按在電椅上，從千奇百怪的角度見識過千奇百怪的偵探的人來說，更是不會錯。若是刻意為了驗證我的理論，而特地要去找個例外來說明的話，置手紙偵探事務所的所長——掟上今日子，可能就是一等一的例外。

當然，今日子小姐也是有肉有血的人類，也會有她的興趣和喜好吧——但若是對事物毫無探究之心、對未知毫無解明之意，應該是不太可能持續從事偵探工作的。畢竟好奇心這玩意兒，還是有如人類本能般的存在。只不過，就算她發揮好奇心，查覺事物的真相、案件的內幕、不為人知的真實，只要晚上躺在床上睡一覺，第二天就會忘得一乾二淨。

以能夠完全遵守身為偵探的最重要的職業道德「保密義務」這個角度來說，今日子小姐比誰都適合當偵探——至少外人看來是如此，但今日子小姐自己是否也這麼認為呢？

得到新的知識、知道以前不知道的事，不管對誰來說都是一種快感，但如果知道到了明天就會都忘記的話，難道不覺得空虛嗎？就像把洞挖好又填滿一般——或說得極端點，不就像在地獄裡堆石頭一樣嗎？（註：日本傳說中，地獄裡有一條三途川，河岸邊的賽河原是通往黃泉必經之路。相傳夭折的嬰靈會聚集在河原上，爲了懲罰他們先父母而死的不孝罪過，必須不斷聚石堆塔供養雙親。每當石塔快要堆好時，惡鬼便會推倒石塔，直至地藏菩薩出現誦經超渡爲止）。

在上次的「百萬交易」中為了解開謎底，一口氣看完漫畫家里井有次老師的作品，還事先預習了雲端服務相關知識的今日子小姐，現在已經什麼都忘了——今日子小姐是如何在這種狀態下，還能保持以偵探為業的志氣呢？我實在是百思不得其解。

今日子小姐究竟是以什麼樣的心境面對偵探這份工作呢——或說她心底

真的有心境、有心情可言嗎？如果答案是否定的，那別說是好奇心，今日子小姐可能連去喜歡什麼的心意都沒有。

推想到此，讓我覺得好心痛。

2

說是無論如何都要為里井老師的事道謝，紺藤先生硬約我吃飯。若說我這個愚昧的人沒有過度期待絕對是騙人的，因為我在那之後還沒找到工作。正所謂人窮志短，我依舊過著靠資遣費糊口的失業生活。

紺藤先生找我商量里井老師的事，後來雖然不了了之，但我當時原本是想要探探情況看能否請他幫我介紹工作的。然而後來也不好意思打擾必須為整件事情收尾的紺藤先生，所以什麼也沒敢開口拜託，不過他畢竟是個精明能幹的男人，就算我什麼也沒說，想必他也察覺到了才是。所以我想他口中的「謝禮」，應該就是我的下一份工作吧！我滿懷希望地前往一個人實在沒有勇氣走進去，必須盛裝打扮的高級餐廳。

然而，當我被帶到包廂之後，發現狀況完全不是我所想，只見紺藤先生徐徐地問我：「厄介，你聽過須永昼兵衛這位小說家嗎？」無知如我，上次雖然不認識紺藤先生負責的漫畫家里井有次老師，但是再怎麼無知，也不至於沒聽過須永昼兵衛的大名。

「哎喲！紺藤先生，你把我看得也太扁了吧！在日本，只要是認識字的人，很難不知道須永老師的大名吧。他可是大師中的大師，日本推理小說文壇的重鎮不是嗎？別說我看過，就連我爸媽，搞不定連我爺爺都看過這位小說家的作品啊！走到書店推理小說專區隨便抓個十本，其中有一半都是須永昼兵衛的作品。」

「呵呵呵！你說得太誇張了，不過這個比喻倒也挺貼近本質。」

紺藤先生喜不自勝地頷首。當然是因為須永老師也有在紺藤先生服務的作創社出書，他才會有這種反應。這麼說來，紺藤先生在成為漫畫雜誌的總編輯之前，應該也曾經待過小說部門，說不定還見過須永老師。

「……紺藤先生，你該不會是要告訴我，這次是須永老師接到恐嚇電話之類的吧？我可是因為你說要答謝，我才來到這裡的吔。」

我半開玩笑地說。當然，只要是紺藤先生的請託，我一定義不容辭。話說回來，上次恐嚇電話的事也是今日子小姐解決的，我只是仲介。紺藤先生應該已經支付適當的費用給今日子小姐了（基本上，只有今天的今日子小姐都是當天收現），紺藤先生本來就沒必要給我什麼謝禮。硬要計較的話，反而是我欠他的比較多，可能一輩子也還不完。

「放心吧！厄介。雖說出版業是個充滿牛鬼蛇神的行業，也不會一天到晚發生那種匪夷所思的事——不管是老師們還是編輯，大部分都過著平凡無奇的枯燥日子。畢竟不是每個人都跟你一樣。」

「真是……你還真能說，這樣我怎樣都無法反駁。不過，那位須永老師是怎麼了？」

難道是須永老師要徵助理？我說的並不誇張，從我爺爺那一代活躍到現在的老作家，或許真的需要一個幫忙打點生活所需的年輕人……當我陷入一廂情願的幻想時，紺藤先生看穿我那膚淺的盤算說：「須永老師老當益壯得很，在工作上說不定還比那些年輕的小說家有活力。」

那還真是值得額手稱慶啊！可是這麼一來，我就更搞不懂他找我出來的用意了。紺藤先生似乎對我的一頭霧水樂在其中。

「有個跟我同年進公司的同事，名叫小中，現在是須永老師的責任編輯。須永老師前陣子剛完成一部長篇推理小說。」

「這樣不是很好嗎？真是恭喜了。」

「事情是這樣的。該怎麼說呢？因為小說家其實是很容易退休的職業呢！畢竟是一個人就能完成的工作，不受組織和人際關係的束縛，是少數可以喊著『大賣之後就退休』的行業。所以站在出版社的立場上，非常感謝像須永老師這樣，把一輩子都奉獻給寫作的作家。可是這也有一點問題。須永老師的年紀雖然大了，卻是充滿赤子之心的人。」

「赤子之心？」

「或者該說是好奇心吧——總之就是不馬上把寫好的小說交給出版社，

利用這點來測試責任編輯。」

「測試……聽起來有些危險的字眼呢！」

「不不，就只是消遣程度罷了。是赤子之心的產物，也可以說是遊戲，我也挑戰過一次，雖然我沒有直接負責過須永老師，是陪編輯前輩一起去的。須永老師不交出原稿，反而給我們一張像是藏寶圖的紙，說什麼『如果你們還算是推理小說作家的編輯，就請找出被我藏起來的原稿』哪。」

「欸……真是個怪人。」

好不容易將原稿寫好，照理應該馬上交給出版社付梓成冊才是。不過這的確很像推理作家會有的行為。尋寶——這可是推理迷最熱衷的遊戲了。

「光是用怪人二字還不足以形容他。因為也曾經發生過都已經給了提示，責編還是找不到原稿，最後那份原稿就交由另一家出版社出版的事呢！」

「這、這可不是開玩笑的呀！」

「還有，現在是不會玩這麼大了，但在景氣還很好的時候，好像也曾經舉行過由好幾家出版社爭奪原稿的活動喔！包下整座遊樂園或棒球場……」

「好奢華的遊戲啊！讓人不由得感到時代的差距。」

「就我所知最誇張的一次，是包下國外一整個賭場進行的活動。要各出版社的責編把拆散藏在飯店各個角落，總計五百張小說原稿一張一張找出來，互相爭奪。因為只要少了一張就不能出版，所以就以出版社為單位，拿原稿當籌碼，用俄羅斯輪盤和撲克牌來對賭。」

若非身在其中的話，聽起來的確是很有趣，但要是在這不易將資訊封鎖到滴水不漏的現代辦這種活動，應該會引發大問題——如果是因為喜歡看各家出版社為搶奪自己的原稿使出渾身解數，這種性格未免也太惡劣了，可是從紺藤先生提到須永老師時露出的表情來看，他大概是那種備受編輯喜愛，這麼玩大家也只會覺得「傷腦筋，真拿你沒辦法」的作家，整個和藹老爺爺的感覺吧。看在我這種走到哪裡都被懷疑討厭的無業遊民眼中，簡直是羡慕嫉妒恨。但若說這是人望造成的差別待遇，我也無話可說。

「所以這次剛完成的小說也要舉行這種找編輯麻煩的尋寶遊戲嗎？」

「沒錯，雖然不像往年那麼聲勢浩大，但還是要在須永老師的別墅裡舉行。小中都快瘋了。」

光是別墅二字，就令人覺得好奢華，但對我而言，終究是發生在另一個世界的事——看樣子跟我的頭路無關，而姑且不論那位小中先生，紺藤先生似乎也沒有很困擾，因此我也稍微放開心胸，輕鬆聆聽須永老師的事蹟。

但冷不防地，兩件事突然連起來了——紺藤先生終於把須永先生的新書和要給我的謝禮連起來了。

「然後……這次的原稿尋寶遊戲可以帶幫手去。厄介，你要不要和掟上小姐兩個人一起去須永老師的別墅？」

「咦？」

對話中突然出現今日子小姐的名字，我嚇了一大跳。

什麼嘛！是這麼回事啊？

原來要委託今日子小姐找出原稿嗎？

「不不，請恕我無能為力。紺藤先生。我還以為你要說什麼，但就算是紺藤先生拜託我，我也不能答應。今日子小姐的確是偵探沒錯，而且還是名偵探，是尋寶或尋找失物的專家，但也因為她是專家，肯定不會願意參加這種由外行人構思的遊戲的。」

「哈哈！你還真敢說啊！厄介。居然敢說支撐著推理小說界近半世紀的須永老師是外行人。」

雖說是遭到千夫所指也不奇怪的失言，但聽我這麼說的紺藤先生看起來還是一副興致高昂的樣子，儼然早已料到我會有這種反應。至於還搞不清楚他的葫蘆裡到底賣什麼藥的我，只能被他玩弄於股掌之間。

「須、須永老師當然不是外行人，我也不認為輕易就能找到藏原稿的地方。」

「不是不容易，是非常困難。在構思謎團或詭計上，推理小說的作家可是比偵探還要專業許多。」

「嗯，我想也是。問題出在是『遊戲』啊。偵探也有各式各樣的類型，的確有很多偵探是只要能解謎，管他是遊戲還是猜謎都無所謂。但今日子小姐可是職業偵探，是把解謎當成謀生工具的人喔！無論擺在眼前的是多麼吸引人的謎團，她也不會把推理當遊戲，更不會免費做白工。既不會坐地起價，也不會特別優待。要她去解開遊戲的謎團，對她可能是一種污辱，光是委託她這種事就可能非常失禮了。」

不，其實我也不是曾經聽今日子小姐說過她身為偵探的原則什麼的——不過，和她一起經歷過那麼多起案件，多少能想像得到。專業人士是不會隨便賤賣自己的技術的。

「須永老師之所以不直接把原稿交給出版社，而要編輯經歷這種特別的儀式，或許也是基於同樣的理由也說不定……總而言之，我不認為今日子小姐會接受這樣的委託。」

「如果是工作的話，的確。但如果不是工作呢？」

「嗯？什麼意思？如果不是工作……紺藤先生，你今天說的話都很莫名其妙吔。如果不是工作，她就更不可能來啦！從她的外表和言行舉止上可能看不出來，但紺藤先生應該也對那個人錙銖必較的程度有切身感受吧？」

「你還真是個遲鈍的傢伙啊！厄介。我說過好幾次了，找出須永老師的原稿只是個遊戲，是大牌作家的餘興節目。我剛才雖說如果找不到原稿，可能會改由其他出版社出版，但那是非常非常罕見的特例。須永老師會一直給出提示，直到編輯找到為止。萬一無論如何也找不到，他也會說：『其實我早就料到會這樣了。』然後拿出另一份原稿之類的。所以讓專業的偵探參加，反而才是掃興呢。」

「既然如此……」

「所以啊厄介。」紺藤先生說。

「我是在叫你找掟上小姐去約會。」

3

「我要去我要去！我一定要去！排除萬難也要去！置手紙偵探事務所當天公休一天！說好囉，所以絕對不可以找別人喔！」

……我得到了從未想像過的積極回應。

等等，先把劇情拉回來。

拗不過紺藤先生的熱烈邀請，我被迫當場打電話給今日子小姐——雖說是超越立場與年齡的對等朋友關係，唯獨在這種時候，還是難以跳脫過去曾有的上司與部下關係。

於是我找了偵探來幫忙。

打電話到置手紙偵探事務所。

時間已近深夜，所以一如往常已經把我忘得一乾二淨的今日子小姐在接起電話的時候，明顯處於「今天的營業時間已經結束了」的模式，察覺我的邀請只是餘興遊戲的時候，更是進入了「恕難從命」的模式，但是當我遵照紺藤先生的指示，在此時搬出須永昼兵衛的名字時，她的態度出現了一百八十度的轉變。

今日子小姐以我過去從未聽過的歡快嗓音上鉤了。

「好的，一週後的星期天對吧？我已經寫在手臂上了，所以不准黃牛喔！這麼一來就算忘記，每天早上也會再想起來，天啊……每天早上都能確認一次這麼棒的行程，真是太棒了！呃……你是隱館厄介先生對吧？到時候請你多多指教了。」

我約到從不接受預約的今日子小姐一週後見面了——簡直像作夢一樣，真的可以讓這種事發生嗎？我實在不敢置信。

「那麼，隱館先生晚安了！」

「晚、晚安……今日子小姐。」

也不便在餐廳裡講太久電話，我就在一頭霧水的情況下掛了電話。當然，這比被拒絕要令人開心多了，但——今日子小姐原來是這麼好約的嗎？

我只是在紺藤先生的強迫之下，再加上「反正就算被拒絕，今日子小姐一到明天就會忘記這件事」這種自暴自棄的心情，鼓起勇氣試試看的……

「紺藤先生，這到底是怎麼一回事啊？你好像打從一開始就知道事情會變成這樣……」

「大致都在我的掌握之中。掟上小姐是須永老師的忠實讀者。須永老師的『原稿尋寶遊戲』在書迷間算是公開的祕密，像她這樣忠實的讀者，更是不會放過能接觸到出版前原稿的機會。」

「是、是這樣的嗎……」

這回答讓我有點失望。也對，在今日子小姐的眼中，我只是個來路不明的自稱大主顧，會答應赴約，也不會因為邀約者是我的關係……原來如此，原來紺藤先生所謂的「謝禮」是這個意思啊！我終於明白了。

「可是紺藤先生你還真厲害，連今日子小姐是須永老師忠實讀者的事都知道。就連跟偵探業界一家親的我，也是今天第一次聽到。」

「嗯？啊，那是因為……呃，出版界總有形形色色的情報網……」

不知何故，紺藤先生有些顧左右而言他。或許是從不便與外人道的途徑打聽來的情報。既然如此，還是別太追究。反正從哪裡聽到的也不是很重要。

從上次里井老師的事也能看出，今日子小姐少說已經喪失好幾年的記憶了，所以她「喜歡的作家」也往往是上一世代的作家，所幸須永老師目前還是筆耕不輟的現役作家，實在是我賺到了。

不，這一切都是紺藤先生安排的劇本吧。

「如果掟上小姐能找到原稿，作創社也樂見其成呢！對掟上小姐是玩遊戲，但是對我來說其實部分也是工作，是我分內該做的事。」

有道理。反過來說，利用遊戲的方式把今日子小姐捲進來，作創社就不用付她酬勞了，以一個上班族而言，紺藤先生果然是非常優秀的人才——作為友人，也是難得的人才。

「長眼睛的人都看得出來你對掟上小姐有非分之想啊！」

「什、什麼非分之想。等一下，你不要想太多啦！紺藤先生。話可不能亂說。我這次也只是為了感謝今日子小姐平常對我的照顧，再加上你推波助瀾才順勢邀請她的。」

「所以是我想太多嗎？我和里井老師為此討論得可熱烈了。」

真的還假的……被認識這麼久的紺藤先生這麼說也就算了，就連里井老師也這麼認為嗎？在今日子小姐面前的我，有這麼形跡可疑嗎……那今後我也得好好想想。萬一找今日子小姐到事發現場來救我，或許會反而增添眾人對我的懷疑也說不定。希望只是里井老師身為創作者的洞察力太過敏感。

「不瞞你說，紺藤先生，你猜得沒錯，我對今日子小姐的確抱有好感，但對我來說，那個人是可望不可及的……實在高不可攀。」

倘若我還是高中生，可能會有不同的想法，但我已經二十五歲，儘管還在待業中，但也老大不小了，已經過了只因為心嚮往之就衝動行事的年紀。凡事都會先在心裡計算一下利弊得失。會先把心情丟到天平上衡量一下，然後才得出答案。

「是嗎？我倒覺得容易被捲入案件裡的你，和擅於解決案件的掟上小姐是天作之合。」

「就像你說的，以委託人和偵探的關係來說，我們的確是天造地設的一對，而我也很滿足這樣的關係——但還是很感謝你這次的費心安排。謝謝你，紺藤先生。不過這種事只此一次，下不為例啊！」

我裝作若無其事地丟下這句話，但是內心雀躍的心情其實不亞於今日子小姐。

雖說是約會卻有一部分是算是工作，感覺略缺情調，也因那工作部分而覺得像是欺騙了今日子小姐般有些心虛……只不過。
只不過，或許該說是我背負的業障使然，明明只是個小遊戲，明明只是基於須永老師的赤子之心而衍生的活動，後來卻往意想不到的方向發展……
當時的我壓根兒不曉得事情會演變至此，就這麼度過了飄飄然的一個星期。

4

仔細想想，不只是今日子小姐，我和許多名偵探都有著不算淺的交情，但是從未深思過他們的私生活。說來也是，要說是盲點也好，但與其這麼說其實也沒什麼好說，畢竟所謂偵探，大多都是站在窺探別人的私生活、介入他人私生活的立場，就連在小說裡，也很少會將焦點放在偵探的私生活上。
他們只是一種用來解決問題的裝置，平常過著什麼樣的生活，老實說根本沒人在乎。不過以我來說，呼叫他們的時候通常已經受了不白之冤，所以也沒有閒情逸致再去管他們的私生活。

然而，不管是再怎麼有才華，生意再怎麼興隆的名偵探，也不可能像我這樣每天被麻煩追著跑，光怪陸離的案件也不是一天到晚都會發生，應該還是要經常面對閒得發慌、百無聊賴的日子。不只，就算為了密室殺人案忙得焦頭爛額，回到家也會看書看電視吧！世上沒有哪個偵探是從早到晚都在查案的。他們也有喜愛的食物，或許還有一起生活的家人。

我雖然在紺藤先生的教唆下約了今日子小姐，但是誰能保證今日子小姐沒有男朋友呢？光是自己的事就自顧不暇的我，對今日子小姐的事一無所知。

……話說回來，今日子小姐對我更是一無所知，身為一位成熟的女性，「不認識的男人打電話來邀請，就決定去心儀的作家別墅玩」的她未免也太大意了……一旦與案件無關，名偵探也會這麼變得掉以輕心嗎？

「啊！你好，你是隱館先生吧？初次見面，我是掟上今日子。今天請你多多關照了。」

一星期後，我在約好的車站前與今日子小姐見面——然後被告知「初次見面」。上次見面是在里井老師的案件時，但是對今日子小姐來說，我們還是第一次見面。

她穿了一雙厚底的球鞋、牛仔短褲、短袖針織衫搭橘色的腰帶，露出健康的肌膚。之所以穿得顯然比平常來得休閒，是為了在活動中大展身手嗎？還是因為今天不是以偵探事務所的所長身分前來，純屬私人行程？看今日子小姐不遮掩手腳肌膚的打扮，感覺比較像是後者……

「你好，請多多指教。車票我已經買好了，一起去搭電車吧。」

彼此行禮請對方多多指教的行為，使得被紺藤先生形容為約會的感覺頓時蕩然無存，不過這樣也落得輕鬆。即使今日子小姐沒打算跟我約會，我也覺得無所謂。

「隱館先生也喜歡須永老師的作品嗎？」

今日子眉開眼笑地問我。老實說，我並不是須永老師的書迷。我當然知道他的名字，也曾經有一段時間很愛讀他的作品，但是說到數量，恐怕連十本都不到吧——但我也沒老實到會在今日子小姐這位忠實讀者面前吐真言，於是我點頭說：「對呀！」

「是嗎？那今天真是個好日子呢！真的太棒了！須永老師尚未發表的原稿。找到的話，不知是否能讓當場我拜讀一下。」

「這我也不知道……畢竟是尚未出版的原稿，想看可能有困難吧。啊，不過機會難得，乾脆買張簽名板帶去吧！」

我試圖附和她，卻換來今日子小姐的大吃一驚。

「你在說什麼啊？須永老師最討厭簽名了，你不知道嗎？小心點，千萬不要提出這麼失禮的要求喔！」

被罵得好慘……一旦不是面對委託人，今日子小姐就很不客氣。這個人私底下原來是這樣啊……為了不再多說多錯，關於須永老師的事，我還是別多嘴比較好。

可是這麼一來，坐上特急電車以後，兩人就幾乎沒有話講了，但今日子小姐似乎一點也不以為意，仍舊一副雀躍萬分，不知是為了預習，還是為了複習，在我旁邊的座位看起須永老師的文庫本（註：本書的尺寸即爲文庫本）。書名是《兄弟的貨幣學》……從書名完全無法想像其內容的小說。或許她以前已經看過了，或許還沒有，無論如何，我覺得和別人在一起的時候還能看書的人內心十分強大……反正我跟紺藤先生不一樣，本來就不擅長談笑風生地聊天，所以只要能看著今日子小姐就已經非常滿足了。

然而，就在前往須永老師別墅的旅程來到中途的時候，事情突然生變了。倒也不是火車脫軌那種充滿戲劇性的變化，只是我的手機響了。

是紺藤先生打來的。

我說聲「抱歉」起身離開座位，從車廂裡移動到車廂與車廂間的走道，用手指在觸控式面板上滑動解鎖，接起電話。

「厄介，抱歉，你們已經上車了嗎？」

「嗯，怎麼了嗎？」

紺藤先生與他的同事——須永老師的責任編輯小中先生前一天就前往別墅了，原本預定今天要來最近的車站接我們……或許是有別的工作插進來，要通知我晚點才能來接之類的也說不定。紺藤先生本來就是大忙人，而這件事原本就不在他的業務範圍內。如果是這樣，我事先已經準備好地圖，最差就是我們兩人自己探路前往別墅。

可惜並非如此——事情沒有這麼簡單。

「大事不好了。須永老師昨天晚上去世了。」

5

「啊！別誤會，不是殺人案……老師既沒有被殺，也不是發生意外，就昨晚睡夢中突然心肌梗塞發作，完全沒有疑點，可以說是壽終正寢。」

聽紺藤先生這麼說，我這才放下心中的大石，我的思考模式已經被過去的風波侵蝕了。雖然不知道正確的年齡，但須永老師應該年紀很大了，死亡也是必經的歷程吧！只是耳聞他老當益壯，而且才剛寫完一本新書，所以完全沒想到事情會變成這樣。

「對呀，所以那份原稿就變成遺稿了……」

或許是心情還沒平復過來，紺藤先生的語氣怪怪的——這時我發現自己不知該如何表達弔唁之意，一個成年男人這樣實在窩囊。雖我不是他的忠實讀者，但支撐著日本文壇的偉大作家就這麼亡故之時，我卻無法好好地用言語表達婉惜的心情。

「所以厄介，關於今天的事……」

「啊，嗯，我明白的，紺藤先生。找原稿的活動當然要取消了吧？現在可不是做這種事的時候。呃……我們現在就回去，不會打擾到你的。」

畢竟我們跟故人又沒有深交，此時上門拜訪也很奇怪吧！今日子小姐的短褲就別說了，其實我也因為要和心儀的才女一起出門，一身休閒的程度也絕對不輸給她，說穿衣服不看場合也不能不看這場合。雖然很遺憾，今天也只能打道回府，在下一個車站下車……可是該怎麼跟今日子小姐說呢？

「不，等一下。你們不來的話我才頭痛，我需要借助掟上小姐的力量。」

「咦？什麼意思？你剛才不是說沒有疑點嗎？既然如此，就輪不到偵探出馬啦！」

當然也沒有我這種配角上場的機會。

「我剛才不也說過嗎？這次剛完成的作品將成為須永老師的遺作——傷腦筋的是，只有須永老師才知道那份作品藏在哪裡。」

「欸……也就是說……」

「沒錯，因為老師在沒有任何人協助的情況下，親手將作品藏在別墅的某個地方……也就是說，須永昼兵衛最後的作品現在下落不明了。」

「……」

意會到這句話所指為何之後，我倒抽了一口氣。

發生這種事，世人恐怕大多都會覺得眼下剛死了一個人，什麼小說作品的根本無足輕重吧。我也不是不能理解這樣的意見，可是讓我說的話——讓須永昼兵衛最後的作品就這樣不見天日，才是絕對萬萬不可。尤其是像須永老師這種等級的作家，遺稿不見可是比遺書不見更嚴重。

就連絕對稱不上忠實讀者的我都這麼想了，身為出版人的紺藤先生和直屬責編小中先生現在的心境，應該更是超乎我想像——說不定會覺得若不將那份原稿結集成冊就根本是犯罪。

「已、已經找過了嗎？」

「嗯，稍微找了一下，但是還沒找到——說老實話，我不覺得我們找得出來。」

紺藤先生雖然是被同事戲稱為剃刀般鋒利的人，但推理小說這一塊畢竟不是他的專業領域——不過就連專門做這一塊的小中先生也一起找，結果還是找不到的話，顯然不是藏在這麼簡單就能找到的地方吧！

換作是平常，須永老師大概會一直給提示，直到編輯找到原稿為止。但是現在須永老師本人已經去世，就不能再指望他提供暗示了。

只能靠自己的力量找出來。

不過，就算不是靠自己的力量——找幫手也是可以的。

「所、所以要請今日子小姐幫忙嗎？」

「是的，所以要麻煩掟上小姐幫忙。破壞你難得的約會真是不好意思，可是事到如今，希望把這事當成正式的工作，委託掟上小姐。我一定會補償你的，當然也會付給掟上小姐合乎行情的費用。可以請你轉告她嗎？請她把須永昼兵衛最後的原稿找出來。」

好的，交給我——我正要誇下海口，卻又在最後一刻把話吞回去。

不，不是我沒有自信。

只要告訴她，須永老師的遺稿很可能會就這樣不見天日，像今日子小姐這麼狂熱的書迷，肯定會二話不說地接下這個委託吧！然後只要發揮令我深信不疑的推理能力，一定能找出藏在別墅的原稿。從使命必達的觀點看來，我是應該毫不猶豫接下這份仲介工作的——可是。

「紺藤先生，既然你說會補償我，我可以現在就提出一個要求嗎？」

「嗯？什麼事？就算你不這麼說，你的要求我基本上都會聽。」

「只要今天一天就行，能不能別告訴今日子小姐須永老師去世？」

「你是想按照原訂計畫，還是以玩遊戲的方式讓掟上小姐找出原稿嗎？等等，這樣好嗎……」

我提出的要求太不合常理，也難怪紺藤先生會質疑。

「先不管倫理上的問題，這樣等於裝作是玩遊戲卻騙她工作，這樣我會良心不安的。這跟聲稱去工作實際上是在玩遊戲可是完全不同。話說回來，為什麼非撒這種謊不可？」

「別誤會，紺藤先生。我並不是為了要繼續和今日子小姐約會才這麼說……」

要說我完全沒有那個意思，我也不敢保證……只不過，至少那不是最大的動機。最大的動機，是我不忍心讓此時此刻正雀躍萬分，期待前往須永老師別墅的今日子小姐失望。雖然她遲早會知道這件事，但我不想讓今天的今日子小姐知道她最崇拜的小說家去世的消息。

心情的起伏太大了。

我沒有自信能委婉地告訴今日子小姐這件事。

「不管怎麼講，找出原稿這個行動並沒有不同。讓今日子小姐以為自己是在參加活動而找出原稿，對作創社應該沒什麼損失吧？」

「可是說這種謊，之後要是穿幫的話，她會受到更大的打擊吧……」

紺藤先生話說到一半，似乎終於領會了。沒錯——今日子小姐只有今天。

無論今天是什麼心情、做了什麼事，到了明天就會忘記。

所以我才會這麼想。

既然都會忘記，那麼至少讓她度過快樂的一天。即使無法留下美好的回憶，也想讓她度過充實的一天。或許這只是我的一廂情願……可是，我就是無法按捺這般心情。我很少去想像今日子小姐不是偵探的時候是什麼樣子，可是如果能讓今日子小姐的人生多一天不用當偵探的時間，就算多管閒事，我還是如此希冀著。

「……我不曉得這麼做到底對不對，的確，站在作創社的立場上，只要能找到遺稿，就能報答須永老師這麼苦心的安排……不過，說是說報答，但終究還是要拿須永老師最後的作品來賣錢。所以比起我們，你的想法可能還更有人性。我知道了，在你們抵達之前，我會負責打點好一切，不讓掟上小姐知道須永老師的死訊。」

「謝謝，你的大恩我會銘記在心的，紺藤先生。」

「但是只有今天一天喔！明天無法避免要見報的。」

「我想沒問題。今日子小姐應該今天就能找到那份原稿，為活動畫下完美的句點。」

「真有信心啊！」

紺藏先生苦笑著說。也對，明明不關自己的事還敢拍胸脯保證，肯定很好笑吧！特別是今日子小姐絕非萬能的偵探。更何況今日子小姐這次並不是以偵探的身分出動。

這應該不是信賴吧——那又要該怎麼說才對呢？

「不過厄介，這下子還有一個問題。」

「什麼問題？紺藤先生。」

「如果是以玩遊戲的方式請她找出原稿，就只能付交通費。但明明又是工作上的委託……這樣在作帳上會有問題，不能因為掟上小姐會忘記就含糊帶過。」

「哦，關於這一點，我有個好主意。」

想起今日子小姐提出那個要求時，我之前從未見過的歡快表情。

「倘若今日子小姐找到原稿，請讓她成為第一個讀者——我想這應該是最好的報酬。」

6

抵達別墅，拿到別墅的平面圖，平面圖背面寫著四個提示，看來是須永老師的筆跡。

一．作品的原稿張數大概一百二十分鐘即可讀完。
二．藏在比較脆弱的地方，找的時候請格外小心。
三．請找出沒有的東西，而不是既有的東西。
四．

……唯獨第四個提示用修正帶塗掉了。意思是要抹去這個提示嗎？我還在一頭露水的當兒，不愧是今日子小姐，已經一把拿起平面圖，讓光線從背後透過來，念出用修正帶蓋掉的提示。

「這上頭好像是寫『可能需要鉛筆』。可能……真是曖昧的提示呢。所以後來才又刪掉嗎？嗯……」

今日子小姐陷入沉思，把平面圖交給我，似乎已經把內容背下來了。畢竟不是大到嚇死人的別墅，房間的數量也不多，以今日子小姐（一天份）的記性，或許只消看一眼就夠。但我可沒有這個本事，所以得仔細地看過。

大致分成四個房間——餐廳、書房、視聽室、寢室，再加上廁所和浴室、廚房等等……只不過，考慮到被藏起來的是原稿，或許可以排除有水的地方，因為弄溼就糟了……不對，以注意事項的第二點來說，話也不能說得太滿。說不定就是故意藏在危險的地方。我不認識須永老師，無從揣測這位作家的「赤子之心」會發展到什麼程度。

……結束與紺藤先生的電話，回到車廂的座位上後，我跟今日子小姐說須永老師臨時有事，今天不能陪我們找原稿時，我還以為她會大失所望，沒想到今日子小姐非但不怎麼失望，似乎還更有幹勁了。

「喔！那我們可得在沒有更多提示的前提之下找出原稿呢！」

照這樣看來，我擅自決定的報酬——可以率先拜讀須永老師尚未發表的原稿——非常適合像今日子小姐這種對簽名無欲無求，比作者本人更重視作品的讀者。

在那之後，紺藤先生來車站接我們，開車送我們到須永老師的別墅。別墅裡沒有半個人。別墅的管理員和責編小中先生，已將須永老師的遺體送至醫院。所以我們三個人抵達時別墅已經失去了主人，空空如也。當然，這是為了讓今日子小姐方便以「遊戲」的方式尋找原稿，紺藤先生刻意安排的。

「時間拖得太晚的話，難保直接前往醫院的家屬不會再回到這裡來……所以真的沒有時間了！厄介。」

紺藤先生壓低聲線，附在我耳邊說——雖然我覺得這個期限，對身為速度最快的偵探今日子小姐並不會有太大的影響……

「現在想這些也沒用。既然是遊戲，苦著一張臉抱頭苦思也不是辦法，總之先動起來再說吧！隱館先生，不如我們分頭將別墅裡看過一遍吧！」

這是今日子小姐的建議——她看起來很開心，完全是來玩的。看到她那天真無邪的笑臉，紺藤先生說。

「我有點明白你的心情了。掟上小姐的表情跟置身於案件中的時候完全不一樣呢！」

「嗯……雖然這是一場騙局。」

不過，今天的今日子小姐非常活潑，活潑到幾乎可以消除我騙她的罪惡感。剛才紺藤先生告訴她，只要能找到尚未發表的原稿（其實是遺稿），將送她成為第一個讀者的權利時，她樂得簡直要飛上天了……身為超忠實讀者，居然能比編輯更早讀到內容，肯定會喜出望外吧。

紺藤先生對我留下一句：「那接下來就交給你了。」把鑰匙交給今日子小姐，離開別墅。他雖然沒有明說，但肯定是要去醫院吧……如此這般，遊戲開始。

只有一張平面圖，因此由我帶著走。今日子小姐從一樓，我從二樓開始調查。二樓是書房和視聽室。雖然這麼想或許是過於單純到反而站不住腳，但既然要找的東西是原稿，我還是從書房開始找起。

才剛踏進去就愣住了。

四面牆全都是莊嚴聳立的書櫃，書櫃裡塞滿了書。雖然不像一般書房給人的印象，但也還不到書庫那麼冷冰冰的程度。我認為最貼切的形容詞是像圖書館。果然寫小說的人都需要這麼多資料嗎——想是這麼想，但是試著為堆積如山的大量書籍做分類，發現除了字典及專業用書、攝影集以外，大部分都是讀物。

看樣子，須永老師似乎非常熱愛閱讀。問題是，到底要花多少時間，才能把這個房間裡的書全部看完啊？

「……」

一輩子……嗎？

想到這裡，突然有點感傷。

陳列在這個房間裡的書，並非單純的索引，而是須永昼兵衛這位作家，也是他這個人一生的履歷。了解對方閱讀什麼樣的書，等於了解對方是個什麼樣的人。從這個角度來說，這些書櫃還真不是我這種毛頭小子能隨便碰的。

但也不能這樣就這樣放著不管。

如果看過的書是他的履歷，那麼寫的書也是他的履歷。我不能否認自己把討今日子小姐的歡心列為第一優先，但是不能讓須永老師最後的作品從此不見天日的使命感固然不若紺藤先生那麼強烈，倒也確實存在。

只不過，這麼多的書如果要一本一本檢查，光是看完書櫃就天黑了……要是有什麼東西能成為推理的線索就好了。這時，我發現其中一個書櫃擺放於宛如作業台般的巨大辦公桌旁，陳列在那個書櫃上的書全都是須永老師的作品。

有新書版及文庫版、復刻版、典藏版、平價版等各種同一本但版型不同的書，所以一下子難以計數，不過光是個人的著作就能塞滿一個書櫃，實在很驚人……我再度深切地體認到須永老師活過的人生。

……尚未裝幀的新作原稿有沒有可能混在這裡面？

我基於這個膚淺到任何人都會想到的想法，從那個書櫃開始檢查——然後腦海中閃過一個最根本的問題，眼下連那份新作原稿是以「什麼狀態」藏在這個別墅裡都還不知道。

既然是寫作資歷很長的作家，直覺上應該是手寫的原稿——再不然也是以紙的狀態存在的原稿。然而，這只是我先入為主的認知，事實不見得和我想的一樣。說不定事實並非我所想的可能性還比較大？

實際上，書房的桌上就有一台筆記型電腦。這裡是別墅，須永老師應該不是用這台電腦寫作吧……或許是像前陣子更級研究所的案件，把小說的電子檔存在記憶卡裡，再把記憶卡藏起來。就算不是記憶卡，也可能是隨身碟或光碟片，或是像里井老師的時候那樣，把電子檔存在雲端，然後再把雲端的密碼寫在別墅的某個角落也未可知。

我真傻，早知道就先問過紺藤先生。現在打電話給他，他或許會告訴我須永老師以前是以什麼狀態把原稿藏起來的，但是遊戲已經開始，總覺得現在才問有點卑鄙。等到時間快要來不及時，可能不得不這麼做，但是現在先保留這樣的難度，今日子小姐在享受尋寶的樂趣時也會更有成就感。

「可是……」

我下意識伸手抽出一本書——《名偵探芽衣子的事件簿》。

這是須永老師寫給兒童看的推理系列第一集，我念小學的時候也讀過。正確地說，須永老師的作品裡，我主要看過的就是這套《名偵探芽衣子》系列。插圖很多，換行也換得很勤快，完全就是標準的青少年讀物，但現在回想起內容，卻是難以想像是寫給孩子看，充滿諷刺意味的推理小說。不過這也是寫了很多社會派推理小說的須永老師的風格……這種懷念的感覺，像是看到小時候照片那種害羞的感覺。

還真的都忘了。然後，還真的都記得哪。原來如此，得到新的知識、感受新的體驗固然很愉快，同樣地，想起已經忘記的知識和體驗其實也是一種快感——感覺很痛快。

……我提醒自己，千萬別一不小心跟想不起過去記憶的今日子小姐聊到這種話題。這是絕對無法與她分享的情緒。

這麼說來，今日子小姐記得多少須永老師放在這裡的書呢？從某個時期開始，就算她讀了剛出版的新書，也會連讀過的記憶都失去的話……

「隱館先生，你找到什麼線索了嗎？」

就在此時，背後傳來今日子小姐的聲音。真不愧是速度最快的偵探，這麼快就已經探索完一樓，上二樓來了。她上樓可能就表示沒有在一樓發現任何線索吧……而慢吞吞的我卻只是被書的數量嚇住，根本還沒進入正式的探索活動，被她問得心虛不已。

「呃，那個……」

「哇！好棒的房間喔！充滿了須永老師的風格！」

今日子小姐閃閃發光的眼神有如十幾歲的少女，（看也不看手足無措的我一眼）東張西望地把書房看了一圈。

「好想住在這裡喔。」

「地……地震的話會被壓扁喔！」

我絞盡腦汁地想附和她的話，卻見今日子小姐彷彿被我潑了一盆冷水，回敬我一個「這個大塊頭怎麼說這種不解風情的話啊」的白眼。

「能被書壓不是最好了嗎？」

我猜想她此刻的心情真的很好，才會說出這種有失才女風采的冷笑話。

「啊！但或許舒壓會更好呢！」

她有些害羞地補充——好可愛。

事實上，要是書櫃真的倒下來，被壓在書堆裡死掉，可就說不出這種玩笑話了……還好，須永先生是靜靜地躺在床上嚥下最後一口氣的。

「截至目前還沒有任何發現。」

我言歸正傳。

「欸？這樣啊？那還真奇怪……」

今日子小姐一臉不可思議地側著頭。

「我還以為如果有什麼線索，應該是隱館先生會先找到……」

「？」

我一時之間還反應不過來這句話的意思，經解釋才知道原來今日子小姐想要查遍自己最崇拜的須永老師別墅的每一個角落，刻意從應該沒有原稿的地方（一樓）調查起。

這麼說也有道理，因為一旦找到原稿，遊戲就結束了，所以故意用消去法從外圍包圍中央也是一種玩法，換作是處於工作模式中的今日子小姐，絕對不會採取這麼迂迴的作法。光是今天一天，我就看到今日子小姐好多以前不曾出現過的面向。一想到須永老師的遺稿重要性，就覺得實在不該講這麼不負責任的話，但我真的很感謝紺藤先生。

既然如此，對今日子小姐來說，我沒發現任何線索反而有助於延長遊戲時間吧。她站到我身邊肩並肩：「那麼，我跟你一起找吧！」

「好多我沒有看過的書，但實在也沒有時間好好讀吧……」

今日子小姐望著須永老師琳瑯滿目的著作，遺憾地說。

我字斟句酌地問她：「我看過的連一半都不到……今日子小姐看到哪裡呢？」事實上，我沒看過的豈止一半都不到。

「我想想……喔，慢著！」

今日子小姐話到嘴邊，又吞了回去。

「不可以套我的話喔，好險好險。我對某本書之後出版的書都毫無記憶，要是被你知道了，就可以從那本書的出版日期推測出我何時喪失記憶，最少也能推測出我記得哪些了。這些可是企業機密。」

「這、這樣啊……不好意思，問你這麼奇怪的問題。」

我忙不迭地道歉——雖然我壓根兒沒打算要刺探什麼。

「啊哈！沒關係喔！今天是私人行程。就我可以回答的範圍來說，我看過的大概也只有一半呢！」

「咦？真的嗎？」

我有點意外……如果是狂熱的書迷，應該是「某本書」以前的全部看過也不奇怪。

「因為我迷上的時候，已經有很多書也買不到了。畢竟是那個時代。不過，我很高興須永老師還和我記得的時候一樣，依舊精力充沛地活躍於文壇，像這樣不斷地推出新作品。」

「……」

須永老師已經不會再「活躍」了。

他已經蒙主寵召——永遠安祥地休息了。

是我決定要瞞著今日子小姐這件事的，所以這時不能有任何不尋常的反應，以免露出馬腳，但一直保持沉默也很不自然。

「可、可是……須永老師為什麼可以寫出這麼多書呢？」我又說了一句不解風情到極點的話。「換作是我，如果能寫出這麼多暢銷書，大概會覺得已經夠了，可以停筆了。」

「什麼？」

果不其然，今日子小姐一臉狐疑。

呃，還是只能說是意想不到嗎……除了樂在其中的笑容，要看非常重視身為社會人體面的今日子小姐的這種表情，似乎也只有今天這樣私底下了。

「你在說什麼呀？隱館先生。作家一直寫小說不是天經地義的嗎？」

「可、可是，那個，因為……已經賺到一輩子不用工作都花不完的錢，難道不會失去寫作的動力嗎……之前紺藤先生也說，小說家是一種很容易退休的職業……」

我連忙找了個藉口，後來才知道是火上加油的行為，令我後悔莫及。今日子小姐或許會認為我是個只會用金錢的價值，去衡量作家帶有藝術性的執筆活動的庸俗之輩。然而，不愧是對金錢錙銖必較過於常人的今日子小姐，只見她不慍不火地說道。

「的確也有這樣的作家——如果沒了想寫的題材與非寫不可的原因，或許就不該再寫了。話說回來，須永老師也不是所有的作品都叫好又叫座。」

「是、是喔？」

這麼說來，她剛才也說有很多書已經買不到了——偶然地今日子小姐聊起了工作的意義，雖也讓自己的淺薄無所遁形。

因為我現在還是在找工作的無業遊民，思路才會不由自主地偏向這個方向……從這個角度來看（這也是我多管閒事），我和今日子小姐只需要找出須永老師的遺稿就好，但將來要繼承龐大遺產的家屬，接下來想必有得累了。

「話說回來，須永老師結過婚嗎？」

「……隱館先生，你真是對須永老師的事一無所知吔。」

今日子小姐終於受不了地發難。

沒想到她會用那種眼神看我。

「當然沒有啊。須永老師一生全心投入工作，是那種把一切都奉獻給推理小說的作家，我就是尊敬他這一點。」

既然如此，是由兄弟姊妹或他們的後代繼承遺產囉？不過以現在的平均壽命來說，他的父母可能還健在。

「可、可是，或許他是最近結的婚，只是今日子小姐忘了。」

從年紀來思考，這個可能性不大，但也不是完全不可能──要是那樣的話，可能會在遺產繼承上吵得天翻地覆。

「那種事才不會發生在須永老師身上。」

今日子小姐斬釘截鐵地一口咬定。與其說是偵探的推理，更像深信偶像不會結婚的少男少女……

「……隱館先生，你該不會已經結婚了吧？這樣的話還真是抱歉，我太感情用事了。我可沒有否定婚姻的意思喔！」

「不，沒有，我還單身。」

「喔，這樣啊，我真失禮……不管怎樣都很失禮呢！嘿嘿！你沒有結婚的打算嗎？」

「目、目前還沒有……」

「可是，如果已經有交往的對象，對方可能有所期待喔。就算沒有期待，難得的假日卻和我出遠門，回去要不要跪算盤啊？」

「我也沒有交往的對象……」

感覺自己就像被逼著認罪的犯人。

說來，今日子小姐似乎依舊不覺得這是在約會——這也沒辦法，誰教我約她的時候沒把話講清楚。

「怎麼？隱館先生也是全心投入工作的人嗎？真了不起。」

「今、今日子小姐呢？已經有對象了嗎？」

但我也不是為了掩飾我沒有工作才反問她的——我從很早以前就想問今日子小姐有沒有男朋友了。

萬一今日子小姐已經有意中人了，紺藤先生刻意安排的這次約會就成了一場鬧劇……隨便問這種問題，可是會被當成性騷擾，但我只是把她的問題原封不動地丟回給她，應該不會有問題吧。我可是鼓足了畢生的勇氣。

「我也是一心只有工作喔！這輩子都不打算結婚了。」

今日子小姐毫不保留地回答。

「反正我就算喜歡上誰，也很快就會忘記啊！」

7

「首先，關於須永老師的原稿，其實不必想太得太難喔！這也呼應了所謂的『奧坎氏簡化論』（註：又稱「奧坎的剃刀」〔Occam's razor〕，由十四世紀邏輯學家、聖方濟各會修士奧坎提出的一種解決問題的法則，當兩個理論的解釋力相同時，應選擇較簡單的理論，亦即「假設愈簡單愈好」）。倘若原稿是以電子檔的方式儲存在晶片裡，的確可以藏在牆壁縫隙，乃至於天花板上，但我認為須永老師並不會這麼做。因為這是一場遊戲，而策畫這遊戲的須永老師是一位推理小說作家，所以原稿應該會藏在答案揭曉時會讓人拍案叫絕：『原來藏在這裡啊』的地方。要是遊戲結束，玩家說出：『藏在那種地方鬼才找得到』的話，那麼遊戲就太失敗了。」

今日子小姐一下就切換到偵探模式。

也許是因為她覺得今天雖然只是私人行程，但和「陌生人＝我」聊了太多不必要對人言的事，所以才趕緊切換模式吧。

不能否認她這麼做也讓我鬆了一口氣。因為深入理解今日子小姐的私生活——甚至是內心世界，比騙她更讓我充滿罪惡感。

要是向紺藤先生報告我有這種不爭氣的想法，肯定會被他數落一番——要是連這點覺悟都沒有，就不該約今日子小姐。但此時此刻我只能附和今日子小姐的說法。

「那、那麼可以假設原稿就是手寫在稿紙上的形式嗎？」

「須永老師從以前就是用稿紙和鋼筆寫作。」

今日子小姐又告訴我一項我所不知的須永老師情報，然而之後卻又像是要再確認似地瞥了桌上的筆記型電腦一眼。

「當然，也可以在寫好之後再將原稿轉成數位檔案，只要是我們這些『讀者』可以接受的形式，未必要是以稿紙的方式呈現。所以說，最快的方法還是從那些提示中找出答案來。」

故意兜了一大圈的今日子小姐如此說道。我聞言從口袋裡拿出平面圖，再看一遍那四道提示。

一．作品的原稿張數大概一百二十分鐘即可讀完。

二．藏在比較脆弱的地方，找的時候請格外小心。

三．請找出沒有的東西，而不是既有的東西。

四．

第四個提示被塗掉了，所以答案應該在前三個提示裡吧……是這樣嗎？要我說的話，感覺不像是暗號，應該就只是單純的提示，不用想得太複雜……

「以一百二十分鐘，也就是只要有兩個小時就能讀完的量而言，每個人能在兩個小時內讀完的頁數都不一樣吧？以我為例，文庫本大概是一百頁左右……」

雖然也因排版的方式而異，一百頁的文庫本換算成稿紙的話，大概是一百五十張左右吧？以稿紙的分量來說，還挺有厚度的，可無法輕易地藏起來。

「反過來說，如果存成電子檔，與張數多寡就沒有關係了對吧？今日子小姐。換句話說，由於第一個提示提到原稿的分量，還是以在紙的狀態下藏起來的可能性比較高……對了今日子小姐，兩個小時你能看多少頁呢？」

「如果有兩個小時，大概整本書都能看完吧！」

今日子小姐從書櫃裡抽出一本《盜竊的黃金定律》翻給我看——她今天

在來的路上好像也看完了一本書，不愧是最快的偵探，就連閱讀也很迅速。

速讀——但速讀好像是一種特殊的技術，與閱讀不同，所以應該不是速讀吧！果然看書的速度是因人而異的。

不過，至少可以抓出最基本的標準。

並不會是只有五十張稿紙的短篇小說，也不可能是超過一千張的長篇鉅作——所以我們只要找出正常厚度的小說就行了。

「啊，嗯，應該可以這麼解釋……吧。」

今日子小姐也同意我的說法，只是有點提不起勁的樣子，是有什麼其他想法嗎？不管了，至少她沒有提出異議，因此我便往下進入第二個提示。

「脆弱的地方……這句話是什麼意思呢？我一開始還以為這是暗示有用水設備之處。」

「嗯，不過若考慮到作家只是想要小小顯露一下玩心，藏在廁所、廚房、浴室或洗臉台還是有點太危險了呢！」

「會不會是刻意反其道而行呢？」

「假如你是編輯，你會對把原稿藏在馬桶水箱裡的作家有好感嗎？」

「……」

這是個人感覺的問題，實在很難回答，但我的確也覺得身為作家，應該會慎重地對待自己的原稿。在這場尋找原稿的遊戲之中，負責藏的人應該也是把原稿當成「寶」才是，更不用說這場遊戲原本設定的參加對象——編輯。

那麼，所謂的脆弱又是什麼意思呢……從精神方面來解讀的話，會是寢室嗎？因為寢室可說是所有的私人空間裡，外人最難踏足的「無防備地帶」。

但既然今日子小姐已找過，斷定「沒有」，或許就可以把一樓的空間——餐廳和寢室排除在外了。就算有，也不是我能找到的。今日子小姐都找不到的地方，我更不可能找到了……

「至於第三個提示，有說等於沒說。『請找出沒有的東西，而不是既有的東西』……我認為這只不過是尋寶的大方向，反而是用修正帶塗掉的第四個提示還比較有參考的價值。」

「是指『可能會需要鉛筆……』嗎？可是就我在一樓看到的，還有這個書房也是，就連一枝鉛筆也沒有。全都是自動鉛筆。」

今日子將雙手交叉環抱於胸前。

我還以為今日子小姐腦中已經有了某種假設，但是看樣子還沒到那個階段——真不愧是不世出的推理作家。就連名偵探也無法立刻跳出他設下的陷阱。當然，實際發生的案件和遊戲的狀況是完全不一樣的……就像將棋的棋士不一定能打敗程式是同樣的道理。

這麼一來，還真是傷腦筋。我可是在今日子小姐一定能找到原稿的前提下，努力走到這一步，完全沒想過萬一找不到原稿該怎麼辦。

我對紺藤先生提出那麼多不合理的要求，萬一真的找不到，我只好負起責任，打電話給存在我手機裡的名偵探清單中，更有能力、破案率百分之百的「萬能偵探」了……雖然我實在不想這麼做。

「真傷腦筋啊！」今日子小姐說。「看樣子也不在這個書房裡……既然不在餐廳和寢室，也不在書房或視聽室裡，用消去法只能找找廁所和廚房了。」

「咦?今日子小姐，視聽室還沒找啊！」

「你說什麼？」

今日子小姐抬起頭來。

一臉錯愕的表情……看樣子今日子小姐一直以為我已經找過視聽室，然後才來這個書房搜查的。

她還真看得起我啊！因為她已經檢查完一樓的兩個房間上樓來，當然會以為人在書房的我已經搜索完一個房間了……只可惜我不像她那麼有本事。我根本連視聽室都還沒踏進去過。

「你在搞什麼啊？隱館先生——為什麼要把最可疑的地方留到最後呢？」

為了翻遍須永老師別墅裡的每一個角落，故意兜著圈子的今日子小姐憑什麼這樣說我……等一下，最可疑的地方？視聽室嗎？怎麼想都是書房比較像是會被用來藏原稿吧……

「我們走吧！只要把四個提示擺在一起看，須永老師很明顯是在暗示視聽室。我一開始就看出來了。」

今日子小姐說完，也不等我反應過來，就逕自走出書房——我連忙追上去。我不好意思告訴她，書房也還沒徹底檢查完……不知怎地，今日子小姐從剛才就不曉得在急什麼。

不，倒也不是急什麼，從我的立場看來，那就是平常的今日子小姐——最快的偵探，掟上今日子。

一名專業的偵探。

然而，對於今日子而言，今天是私人行程，這應該也只是一個遊戲，難道她的心境出現了什麼變化嗎？最有可能的解釋是她已經對我的駑鈍失去耐心，只是這也未免太令人傷心了。

追上先我一步踏進視聽室的今日子小姐，只見最快的偵探已經到處調查了起來。她的動作有如行雲流水，就連我想幫忙，也不知該從何幫起。反而是我這個拿自己也沒辦法的龐然大物萬一踏進去，才真的是擋路又礙眼。於是我只能愣頭愣腦地呆站在門口，靜靜地看著她。

不過即使就算沒有不能打擾今日子小姐這個冠冕堂皇的理由，我一定也會遲疑著不敢踏進這個房間吧——因為這是一間非常高級的視聽室。

雖然書房也很豪華，但這間視聽室更加驚人。有最新的播放器和隔音設備，簡直就和錄音室沒兩樣。光從別墅裡設有視聽室這點就該察覺，聽音樂應該是須永老師的興趣吧。坐在視聽室正中央的沙發上聽音樂，該有多麼享受啊——不僅硬體一應俱全，就連軟體也同樣充實。

若說塞滿了圍繞在書房四周的書櫃裡的書是閱讀的履歷，那麼填滿這個房間四堵牆的架子，就是音樂的歷史了——井然有序地陳列著唱片、錄音帶、CD、MD，令人目不暇給。再加上巨大的音樂盒及自動唱片點唱機、卡拉OK，與其說是視聽室，更像是音樂博物館。

須永老師也有這種收藏家的一面啊！

雖然現在不是時候，但是像我這麼沒氣質的人，其實也會想聽一首完全不適合我的古典音樂——只不過，單就此時的狀況而言，不管整理得多麼整齊清潔，這種「滿屋子東西」的狀態在找東西的時間只是一種障礙而已。

今日子小姐為什麼會把重點放在這個房間裡，而不是書房呢？仔細想想，既然要找的東西是原稿，我總覺得藏在書房裡的想法比較貼近正確答案。

「呃……那個……難不成……」我突然想到。「是口述筆記……嗎？」

自從文字處理機普及以後就不常聽到了，但這是以前的小說家廣為運用的寫作方法——以口述的方式念出小說內容，將其錄音下來，再請專門的業者打成逐字稿。

雖然須永老師是用鋼筆寫作，但是像他這麼老牌的作者，不可能不知道口述筆記的方法——會不會是用某種儲存媒介將自己的聲音錄下來，藏在這個房間的某個角落裡？

「如果說大約一百二十分鐘即可讀完，並不是指讀者讀完書的意思，而是作者發出聲音念出腦海中的小說……」

「不，我想應該不是吧！」

我的想法一說出口便遭到今日子小姐否定——只見她趴在鋪著地毯的地板上，專心致志地檢查架子上的東西。在短褲的掩護下，還不算是太見不得人的姿勢。

「要把一本小說做成口述筆記，一百二十分鐘是完全不夠用喔。一百二十分鐘內能讀完的量，頂多只有一本短篇小說左右。」

「這樣啊……那……有沒有可能是把雲端的帳號和密碼錄音下來呢？」

「雲端？雲怎麼樣了？」

這句話終於讓今日子小姐回過頭來。以趴在地上的姿勢回眸實在是很撩人，但我若是在這時移開目光反而顯得此地無銀三百兩，於是我強裝平靜，想跟她說「就像上次的案件那樣啊」，但今天的今日子小姐不可能知道上次的案件是怎樣。

因此，我只是簡單扼要地解釋了一下何謂雲端。

「那也不可能吧！因為這麼一來原稿的內容就跑到別墅的『外面』去了。這種遊戲太不公平了，我無法接受。」

「啥……可是，真的有能讓你接受的答案嗎？我不是想抱怨什麼，但提示實在太少了。」

「不，是太多了。須永老師真是的，因為對手不是讀者而是編輯就手下留情。提示要少一點才是聰明的問題。」

今日子小姐將視線拉回架子上，邊找邊回答。會在這裡找，表示重點還是在軟體，而非播放器上……今日子小姐目前的立論到底是打哪裡來的呢？她為什麼不再兜圈子了呢……

「事實上，隱館先生已經抓到重點了喔！」

這種平靜中不失犀利的語氣，完全是不折不扣的偵探模式中的今日子小姐。已經不是私底下的掟上今日子，而是置手紙偵探事務所的所長——掟上今日子。

「非常可惜，即使沒有我的幫助，隱館先生一個人繼續找下去，也遲早都會找到的。」

「是、是嗎……我倒一點也不覺得。我甚至懷疑是不是真的有那份原稿……」

「有的，確實有喔。」

今日子小姐打斷我的話……從架子裡拿出「某樣東西」給我看。

某樣東西。

而且是非常意外的東西。

8

那是一卷錄音帶。

收在架子裡的錄音帶。

已經很久沒看過到錄音帶這種東西了。不同於唱片，錄音帶到現在還是使用中的軟體，所以倒也不是多稀奇。

正確且嚴謹地說，這玩意兒叫作卡式錄音帶。然而，不管正式名稱叫什麼，我都不明白這時候拿出它的理由。

盒子和錄音帶本身都沒有任何標籤。今日子小姐為何會從架子上拿出一卷不知名的錄音帶呢？聽到「確實有喔」，我還以為是找到須永老師的原稿了，心情雀躍不已，難道不是這個意思嗎？是發現跟藏原稿的地方有關的線索，還是找到雖然完全無關，但找到很稀奇的東西？

然而，今日子小姐卻站了起來。

「遊戲結束了，辛苦了。」

她笑容滿面的模樣，的確就像是解開謎題的名偵探。

「等……等一下！今日子小姐。你拿出一卷不知道內容是什麼的錄音帶就宣布遊戲結束了，我完全不能接受！更不可能回你一句『你也辛苦了』。請好好解釋一下，還有，證明給我看。」

「要當場證明有點困難吔。」

對於說出配角台詞的我，今日子小姐難得地表現出謙虛的態度。但理所當然的，她接著又用主角的口吻繼續說：「不過解釋的話倒是不難。」

「這麼說好了……第四個提示不是被塗掉嗎？」

「對呀！可是那又怎樣？錄音帶和鉛筆有什麼關聯？」

「這個提示不是用修正液，而是用修正帶塗掉，就是一個提示了。修正帶的構造跟錄音帶一樣不是嗎？」

「咦……啊、啊啊。」

這麼說來倒也是……但她不說的話，我還真無法將錄音帶和修正帶聯想在一起。像是很像，但也不到一樣的地步。作為提示來說，其實有點弱。

「用修正帶塗掉的『可能需要鉛筆』也是提示之一。你看，錄音帶像這樣……」

今日子小姐從盒子裡拿出錄音帶，指著正中央的那兩個洞。

「要微調錄音帶的位置時，可以將鉛筆插進這個洞裡轉對吧……咕嚕咕嚕地轉。」

「……」

她都解釋成這樣了，我還是反應不過來。以前的確可能是有這種作法，但就算不用鉛筆，勉強用小指也辦得到吧──我心想，但也正因為如此才會用修正帶把這條提示塗掉啊……這麼一來就說得通了。

「那麼今日子小姐，你看出第四個提示是在暗示錄音帶，所以才認為這間視聽室最可疑嗎？」

「怎麼可能。要從這段文字和使用修正帶的用意聯想到錄音帶，就連我也辦不到。第四個提示只是用來為推理做最後的佐證而已——想也知道，最大的提示還是第一個提示。」

「就算你說想也知道……但如果你不說我還是不知道。」

「看嘛！這裡不是寫著嗎？」

今日子小姐把直接印在沒有貼標籤的卡帶上「120」的數字拿給我看。那個數字指的是這卷錄音錄可以錄一百二十分鐘……

「欸？該不會是因為那個吧？因為有一條一百二十分鐘即可讀完的提示，所以就想到一百二十分鐘的錄音帶……」

「沒錯，有什麼問題嗎？」

今日子小姐以「這還用問嗎？」的表情頷首。

「剛才之所以到處翻遍每個架子，也是為了要檢查還有沒有其他可以錄一百二十分鐘的錄音帶。不過這些架子上的錄音帶都是四十五分、六十分、九十分的錄音帶，一百二十分鐘的錄音帶只有這卷。順便一提，CD或MD原本就沒有一百二十分鐘的，所以才能確定這卷錄音帶就是我們在找的原稿。」

「可、可是……」

今日子小姐到底是怎麼了？

我感到不安極了……剛剛才說一百二十分鐘是絕對無法口述完一整本小說的人不就是今日子小姐嗎？難不成她連自己講過的話都忘了？今日子小姐的記憶一覺醒來就會重置，反過來說，只要別睡著，她的記性分明比一般人還好，難不成是症狀惡化了？如果是這樣的話，現在可不是推理或尋寶的時候，得趕快帶她去看醫生才行……

「今、今日子小姐……振作一點。你不是說過不可能是口述筆記的嗎？」

「沒錯，我是說過，並不是口述筆記。」

今日子小姐同意我的確認……太好了，好像不是喪失記憶。「不管講話的速度再怎麼快，都不可能在一百二十分鐘內朗讀完一本小說，舌頭會打結的。」

「就、就是說啊！」

「但在另一方面，錄音帶用來儲存一本小說剛剛好喔！」

「咦？什麼？」

我還在為今日子小姐沒有失去剛才的記憶高興，如今卻更加混亂了。不是用來儲存朗讀的小說，也不是用來儲存雲端的密碼……那憑什麼說這卷錄音帶是須永老師的原稿？

「好吧！就當是剛才你告訴我雲端這個最新知識的回禮，我也把我知道的老掉牙知識告訴隱館先生吧！像這種錄音帶……」

今日子小姐說道。

「也可以儲存電子檔喔！」

9

「簡而言之，這是磁帶。雖然也會因產品而異，但是一百二十分鐘的錄音帶大概可以儲存五百KB的電子檔……以純文字檔來說，五百KB剛好是一本長篇小說的容量呢！」

經由她的說明，我終於想起來了——忘了是從哪裡得到的知識，但是想起來還是充滿了快感。

對了。

大約二十五年以前的電腦，還有程式可以讀取錄音帶——今時今日，錄音帶已經完全被當成是專門用來儲存音樂的工具，但是追溯其源頭，其實就和光碟片、隨身碟、甚至雲端一樣，都是用來儲存資料的媒體。

第二個提示「脆弱的地方」就是這個意思嗎……聽音樂的時候大可不用這麼神經質，但是用來當成儲存資料用的媒體時，錄音帶其實是非常脆弱的，因為是磁帶，在反覆讀取的過程中，每次都會損害到裡面的資料。

「……所以第一個提示也暗示了讀取資料需要一百二十分鐘嗎？」

「不是聲音，所以不用花到一百二十分鐘來讀取，但判斷上其實差不多。」

「那、那……第三個提示又是什麼意思呢？」

「我想『找出沒有的東西』應該是指別墅裡沒有用來播放這卷錄音帶的機器，也就是盒式磁帶機。所以我剛剛才說『無法證明』……不過，要是屋子裡大剌剌地擺著一台可以讀取錄音帶裡的資料，已經是老古董的電腦，那一刻答案就已昭然若揭了。」

說得也是。

明明是手寫作家，卻把筆記型電腦放在書房的桌子上，說不定就是須永老師兜了好大一個圈子的暗示……事實上，就連我看到那個，也直覺聯想到原稿是不是被存成電子檔了。

不是以「兩小時」，而是以「一百二十分鐘」的方式來表示，或許就是最人的提示——如果是單純的檔案，也可以存在光碟裡，所以為了將答案引導到錄音帶上，刻意強調了這個數字。

不過，把原稿儲存在錄音帶裡還是太出人意表了——而且的確也是讓人能接受的答案。從答案倒推回去，不得不同意今日子小姐「提示太多」的說法。因為實在太明顯了。要是我有今日子小姐的推理能力，光是看到第一個提示和平面圖上視聽室的標誌，應該就足以找出解答了。

彷彿能聽見須永老師放聲大笑的聲音——雖然我不確定須永老師是不是那種會放聲大笑的人，總而言之，對於完全搞錯方向，在書房裡轉來轉去的我而言，的確有股被偉大的作家玩弄於股掌之間的感覺。今日子小姐大概不忍心看我羞得無地自容的困窘吧！婉言說道：「因為我的記憶從某個時間點就沒有再更新，所以要想起關於錄音帶的小知識，顯然比隱館先生更有優勢吧！」

或許是這樣沒錯，但今日子小姐也不是活在把錄音帶當成儲存電子檔的媒體來使用的時代。

這還是要歸功於今日子小姐作為偵探的資質吧——想是這麼想，但今日子小姐也不是無懈可擊的。或許是完成一件事的成就感令她鬆懈，她在最後的最後犯了一個令人跌破眼鏡的錯誤——把錄音帶放回盒子裡，交給我。

「好了，隱館先生請收好。這就是你要的須永老師的未發表原稿——考慮到印出來的時間，不用馬上兌現酬勞也沒關係，不過答應要讓我第一個看的，千萬要說話算話喔！我想應該已經沒有生產了，但是只要利用出版社的門路，應該還是能弄到一台磁帶機。就算找不到，只要找找須永老師的遺物，照理說就能找到他當初用來製作這卷錄音帶的機器……」

「說得也是。」

我接過錄音帶——愣住了。

「遺……遺物？」

「啊！」

今日子小姐掩住自己的嘴巴。

可是已經太遲了。

「你……你早就知道了嗎？今日子小姐。須永老師已經去世的事——」

「……」

今日子小姐尷尬地別開視線，不發一語——可是對於我的問題，她的反應已經透露出太多訊息了。

10

過了幾天，我和紺藤先生約在作創社旁的咖啡廳——為了跟他拿列印出來的須永昼兵衛最後的原稿。把這份原稿交給今日子小姐是我的責任……大概是覺得奇怪明明我有機會再見到今日子小姐，為何表現得如此意興闌珊。紺藤先生追問我發生什麼事，我只好把原本決定不再提起的來龍去脈一五一十地告訴他。

「厄介，你的意思是說，掟上小姐從一開始就看穿你的謊言？」

「不，她好像中途才注意到的，所以才會突然進入偵探模式，不再採取迂迴的作戰方式，認真地玩起遊戲來。」

發現在找的原稿其實是須永老師的遺作，今日子小姐心裡對遊戲的認真程度就不一樣了……這麼一來，還真的是一瞬間的事，讓人見識到她身為偵探的專業。相反地，我未免也太狀況外了。

「和今日子小姐在書房裡討論到須永老師時，我好像在無意間屢次以過去式來談論須永老師……她似乎由此察覺到的。也或許是在檢查須永老師亡故的寢室時感覺到不對勁。再不然就是從我和紺藤先生在遊戲開始前的舉動中發現事有蹊蹺……」

「這樣啊……也罷，不要那麼沮喪嘛！厄介，這又不是你的錯。不管是誰，本來就很難騙得過名偵探吧！」

「你的安慰我心領了，可是紺藤先生，令我感到無地自容的不是這件事。不是因為我扯了一個這麼愚蠢的謊話……是今日子小姐已經發現須永先生去世了，卻還繼續假裝被騙，這才令我想要挖個地洞鑽進去。」

我自以為是為她著想，沒想到是她反過頭來為我著想。

多麼丟人。

察覺到心儀作家的死訊，心裡該有多麼震驚啊！她卻完全沒有表現出來，還假裝一無所知，繼續玩遊戲的今日子小姐……別說不用為我著想，就算是欺騙她的我發脾氣都是應該的。

……可是我就連為這件事向她道歉的機會都沒有。

在那之後已經過了好幾天，當天的記憶早已煙消雲散，在今日子小姐的心中，早已不存在我欺騙她的事……就連這份原稿，今日子小姐一定不曉得自己為什麼會收到這份原稿，最後只會變成一份意外的驚喜。

今日子小姐的記憶比磁帶更脆弱。

可以說是脆弱？

因為就連這樣的矛盾，也不存在於她的心中。

「你只要單純地為掟上小姐的善解人意感到喜悅不就好了嗎？我想她肯定也很高興你為她著想。就當是她對你的回報吧。」

「你說的雖然也不無道理，但我還是很尷尬。」

雖然只有我單方面覺得尷尬……

就連這份列印出來的未發表原稿，可以的話，我都想用寄的給她就好。

「……可是這樣我很傷腦筋吔。瞧你這個樣子，我實在不好意思開口。

今天就算了，改天再說。」

「什麼事？紺藤先生。除了將這份原稿送去給今日子小姐，還有事情要我效勞嗎？既然如此就別客氣了，快說吧！別管我的心情，有什麼事情儘管說。這樣我也好轉移注意力。」

「呃……可是啊……這件事說到底還是和掟上小姐有關——我想請你把這份原稿送去給她的時候，順便向她提出工作上的委託。」

「委託？」

「沒錯。這次是真正需要名偵探出馬的工作。是關於前幾天已經下葬的須永老師的事……其實是——他的死因出現了疑點。」

（請問有空嗎？今日子小姐——忘卻）

第四話

不好意思喔，今日子小姐

1

仔細回想，我從來沒有摁過公車的下車鈴，即使車子駛近要下車的車站，我也總是在等別人摁鈴。結果最後，我也搞不清楚到底是真的想在那個站下車，還是莫名受到壓迫——有人摁下車鈴——才跟著下車的。

不積極、不主動，只是等著別人來幫忙——等著隨波逐流。各位看倌可能會笑我，不就是下車鈴這種微不足道的事嗎？但那說不定是足以忠實表現我這輩子人生的象徵性事件。像我這種只會採取一般行動的人，想要下車的車站通常都不會只有我一個人下車，所以還未曾感到困擾，但我也不是沒想過，萬一沒有人摁下車鈴，是否我就不會在想下車的車站下車，而直接坐到了下一站呢？

怎麼可能？要是真面臨那種狀況，任何人都會自己摁下車鈴吧——用嘴巴說很簡單，但是平常辦不到的事，在緊急情況下又怎麼可能辦得到？

說起來，在各方面，我就是這樣的人。

自己從不主動——只是靜靜地等待別人反應。

說我是很容易被捲入風波的人，那是當然，因為我自己從不主動，所以當然只有被捲入的份。

就拿這次的事來說好了，要是紺藤先生沒有在一旁敲邊鼓，我絕不會主動約今日子小姐。所以遭天譴了，害我很不好意思面對今日子小姐——而且還是我單方面覺得難為情，甚至暗自決定短期內不要再見到今日子小姐了。儘管如此，我又在紺藤先生的拜託下，像這樣坐上公車，送東西去給今日子小姐。所以基本上我根本沒有自己的意志這種高尚的東西。

「不不不，紺藤先生，我認為這件事不適合今日子小姐——我是為你好，還是找其他偵探比較好吧！」

當然，我姑且還是試著推託逃避了一下。

「我就是想拜託掟上小姐。」

紺藤先生的態度十分強硬。

「為什麼？如果是里井老師那件事，今日子小姐表現出三頭六臂的能耐，獲得紺藤先生高度評價，我也不是不能理解，但是今日子小姐在我所能介紹的偵探中，絕不是所謂的頂級人選。稱不上是業界的中堅人物，但肯定是相當特異的偵探。萬一須永老師的死真有什麼疑點，還有更適合的偵探……」

「我認為掟上小姐就是最適合的人選……因為她是須永老師的書迷。」

「……？」

我一時半刻反應不過來他的意思，但是他說得這麼堅定，我也覺得或許沒錯。尤其想到須永老師是推理小說家，更覺得是如此了。

這雖然是一種偏見，看在名偵探這種專業人士的眼中，所謂的推理小說到底還是「虛構的作品」，多少會覺得「真正的偵探、真正的案件並非那麼有趣」而帶著些許蔑視的態度。如果是經典名作也就算了，然而他們很難不帶偏見去看現代的推理小說——這或許可說是職業偵探的楚河漢界，所以像今日子小姐那樣，坦誠自己是推理小說家須永老師書迷的偵探，如紺藤先生所說，還真的很少見。

於是我就這麼被說服了，第二天實際走訪今日子小姐的偵探事務所，但是就連我也不太清楚，這點真能成為委託今日子小姐的理由嗎？

正因為是須永老師的書迷，才不該委託今日子小姐這件事不是嗎？警方不是也都不能參與偵辦與親友相關的案件嗎？今日子小姐光是能夠去須永老師的別墅就高興成那樣了，一旦案情涉及到須永老師的死，或許根本無法冷靜地進行調查……雖然我也很想相信，身為一個專業人士，今日子小姐是不可能如此的。

就在我還在拖泥帶水地思考這些問題時，有人摁了下車鈴——我將裝有須永昼兵衛未發表原稿的信封袋抱在懷中，站了起來，走下了公車。

2

置手紙偵探事務所是一棟三層樓高的建築物——一整棟都是今日子小姐的私人住宅兼事務所。坐落在高樓大廈林立的商業區，看起來雖然小巧有致，但是把背景拿掉，單就一家個人偵探事務所而言，能買下一整棟樓，規模之大，絕倫超群。就滴水不漏的意義來說，也可說是集最新型的保全系統之大成，掟上公館比這個商業區裡的任何一棟大樓都還要來得堅固且排他。

這也難怪。

偵探是一種會毫不客氣地闖入他人的祕密、他人的私生活、他人的隱情裡，毫不留情地加以分析、解構的職業，所以可能會招人怨恨，或者也不是招人怨恨，總之是隨時與危險為鄰的職業。今日子小姐曾說過「對偵探出手可是大忌」，然而實際上，偵探本身變成案件被害人絕不是什麼稀奇的案例。

今日子小姐不可能不明白這一點，所以才需要這麼滴水不漏的保全系統。尤其像今日子小姐這樣，打著絕對遵守保密義務的招牌，一到隔天就將負責的案件忘得一乾二淨，所以自己在什麼情況下得罪了什麼人的記憶都沒有，得冒著完全無從提防的風險——她身為偵探的賣點，同時也存在著風險。這世界果然有一好就沒二好，該說是上天安排的巧妙？還是運氣太背呢？

因此，掟上偵探的大本營，也就是這個事務所設置了最高規格的保全系統——建築物本身就是在某一天的「今天的今日子小姐」基於上述的考量，設計而成的。每天更新的保全系統簡直就像是防毒軟體——我之所以說得好像什麼都知道，是因為這已經是我第三次踏進掟上公館了。

委託今日子小姐的時候，大多都是從案發現場打電話向她求助，所以不太有機會拜訪事務所——既然「最快的偵探」是今日子小姐的另一個賣點，即便不是我，其他人也應該不會有機會來。

總而言之，要是冒冒失失地隨便闖入，像最初來訪時那樣被困住可就頭痛了，於是我慎重地摁下門鈴。

「來了。」

是今日子小姐的聲音。置手紙偵探事務所沒有員工——客人也是今日子小姐親自招待。我報上名字：「我是先前電話聯絡過的隱館，隱館厄介。」

「了解，請進。」

門隨著今日子小姐的聲音一起打開——看來似乎認證通過了，不過現在放心還太早。接下來在抵達會客室以前，還有無數讓人聯想到國際機場的安檢在等著我。

若今日子小姐在這棟建築物裡遇害，再也沒有比這更難解的密室之謎了吧。我一面想著無法區分是現實還是小說的情節，一面走進建築物裡。

3

花了一個小時，我終於得已謁見名偵探掟上今日子小姐的尊容——也就是我獲准進到了二樓的會客室，坐在委託人專用的沙發上。

今日子小姐在附設的廚房裡泡咖啡的同時，我也暗中觀察起許久不見的會客室——雖說如此，但完全沒什麼改變才是我最真實冷淡的感想。

怎麼可能有什麼改變？要這麼說也是。

以白色為基調的室內只有最基本的家具——打掃似乎一點也不費力。擁有數位環境的漫畫家里井老師，她的工作室也整理得相當乾淨整齊，但這個會客室以殺風景來形容其實更為貼切。不過，因為屋子裡有很多房間，可能只是把某個房間當倉庫使用，盡量不在用來接待委託人的會客室裡擺放多餘的東西……

「請用，希望合你的胃口。」

今日子小姐將咖啡杯放在桌上，然後在我的正前方坐下。由於前幾天已經看過她嬉鬧歡騰的樣子，相較之下，不難發現她那甜美的笑臉完全是業務用的笑容。

隔著一堵牆，難以親近的笑容。

早知會有這種感覺，當初真不該知道她私底下原來會露出那樣的笑容，但這也實在沒辦法——我和今日子小姐不一樣，沒辦法忘記。

而且最後演變成那樣，且這麼說須永老師的忌日並不妥當——但那一天和今日子小姐在前往須永老師別墅的火車上真的很快樂——這點我不想忘記。

……想當然耳，今日子小姐的穿著打扮也不再是上次那種輕便的服裝，而是落落大方的工作模式——綠色的喇叭裙搭配雪白的襯衫，脖子上圍著一條絲巾。看過上次那種隨興的打扮，更能比較出明顯不同。

「……」

她泡的咖啡既沒有加糖，也沒有添加奶精——在置手紙偵探事務裡，所謂的咖啡指的是，充滿了苦澀和酸味，十足提神醒腦的黑咖啡。我喝下一口，今日子小姐也伸手拿起自己的杯子。

「那麼隱館先生，關於工作的事……」

「啊，嗯，今日子小姐。在那之前，這個請你笑納。」

我將懷裡的信封袋遞給今日子小姐。

「這是上次的……工作報酬。我猜你已經忘記了，因為不太算是一般的工作，該怎麼說呢？是以物品抵付酬勞，呃……這跟這次的工作也有關係……」

我無法說明清楚，再加上緊張的關係，差點語無倫次。又不能告訴她：「你前幾天才和我約過會喔。」但不提那件事，說法就變得更曖昧含糊。

「是喔。」

今日子小姐提不起勁地漫應一聲。對於過去的工作也太不感興趣了——

這點也可說是徹底地遵守了偵探操守。

「這是須永晝兵衛尚未發表的原稿，同時也是遺作。」

只有這裡我一五一十地如實招來。如果不先坦承這件事，根本不知從何說起。今日子小姐聽到這裡，「噗」地一聲將口中的咖啡噴了出來。

……超乎想像的反應。我太不會看時機說話了。實在不該在她優雅地將咖啡杯湊進嘴邊的時候提起這件事。

「抱……抱歉。請稍等一下。」

今日子小姐掩著嘴巴，起身離開座位，身影消失在辦公室裡頭的門後方。五分鐘後，她換掉被咖啡弄髒的衣服走了回來。我這才知道原來那扇門的後面是她的房間。上半身換成合身的套頭薄毛線衣，下半身換成牛仔布的長裙——這麼說來，我從未見過今日子小姐穿過同一套衣服，這個人的衣服是不是多到穿不完啊？

「久等了，這是須永老師的遺稿嗎？」

今日子小姐突然切入正題。想是為了掩飾自己的難為情，真是太可愛了。

「我看了今天早上的新聞才知道須永昼兵衛老師去世的消息……我是在什麼情況下得到這份原稿呢？」

她似乎突然感到有興趣了。

話雖如此，但是關於須永老師的死已經見諸報端……還是如今最熱、最眾所矚目的新聞之一，所以她應該已了解事情的梗概。不用從頭開始說明真是太好了。無論在什麼樣的情況下面對心儀作家的死訊，都是一種打擊……但間接從新聞上得知，總是讓人比較容易接受吧。

至少，比起在故人的別墅裡知道好一點。

「既然是我以前接下的工作報酬，能告訴我委託的內容嗎？」

「當然，請務必聽我說。否則接下來的委託就進行不下去了——只是，在那之前，請先收下。為上一次的工作畫下句點吧！」

再次強調工作二字，與其說是對今日子小姐說，或許更是對我自己的提醒。不論如何，那是遊戲也好、約會也罷，我都不打算告訴她。

「好的……居然能收到須永老師的遺稿，以前的我真是能幹呢。」

今日子小姐收起應酬式的笑容，表情和緩地露出微笑，接下信封袋，緊緊地將原稿擁在懷中。可以的話，我真想變成那疊原稿。

「那、那個……不是親筆原稿喔？而、而且……只是讓你先睹為快，日後還是會正式出版的……」

還得多加這樣的註解才行。畢竟我可不想讓今日子小姐空歡喜一場。

「哦？這樣啊？」

今日子小姐有些敗興，微微露出失望的神色，但依舊緊摟著懷裡的原稿。

「但是，能不能順利出版，就要看今日子小姐接下來的本事了……」

「我了解了，交給我吧！」

今日子小姐沒問細節就一口答應了——事關須永老師的書能不能出版，這似乎點燃了她的鬥志。不過畢竟是處於「工作中」的模式，所以不像上次那樣興奮激動……

「我會全力以赴——然後明天就忘得一乾二淨。」

今日子小姐如是說——這句話應該絕無虛假吧！

今日子小姐會忘記——連同我這個人，忘得一乾二淨。

4

為了解決問題，正確資訊至關重要——然而，如果要委託今日子小姐這件事，在提起上次的「搜尋遺稿案件」時，不得已得稍微更動一下內容才行。這也實在沒辦法，說出真相，只會讓她覺得尷尬而已——再說我也不打算故意在自己的傷口上灑鹽。

委託人是會說謊的。

雖然非我所願，但今日子小姐說得沒錯。

我將原稿藏在錄音帶裡的真相解釋為今日子小姐早就知道須永老師的死訊，並且將其視為一件「工作」，接受為死去的須永老師找出遺稿的委託，然後也真的找到了——換句話說，這件事從頭到尾只是一項「工作」，今日子小姐只是一如往常地接受委託。

聽完我的說明，今日子小姐頭微微側首，發出「嗯？」的一聲。

「總覺得怪怪的……不過算了，事情都過去了……就當是這樣好了。」

真敏銳。今日子小姐似乎察覺到我沒說實話。不過我這個人不管做什麼事都顯得形跡可疑，就算說的是真話，她可能也還是會對我存疑。

「總而言之，作為發現須永老師遺稿的報酬，我能收下這份原稿對吧——這真是太好了。只不過，你說這跟接下來的委託有關，就表示這件事還沒有圓滿落幕吧？有什麼問題嗎？」

或許是因為與須永老師有關，今日子小姐表現出積極的態度，探出身子問道。這麼看來，基於「因為她是須永老師的書迷」想要委託今日子小姐的紺藤先生好像是對的。

「原本以為須永老師是自然死亡，但關於死因似乎出現了疑點，該說案情不單純嗎……」

「案情不單純？欸……」

今日子小姐的臉色變了。一聽到案情不單純就產生反應，這或許是名偵探的天性吧——也可以說是專業精神。

「願聞其詳，也就是說……」

「不，目前還沒有證據，所以希望包括這個部分在內，也請你一併調查……須永老師的死因說不定是自殺。」

「……」

考慮到今日子小姐對須永老師的崇拜，我小心翼翼地揀選著詞彙，或許是我避重就輕的說法奏效了，今日子小姐一時保持了沉默。

於是我繼續謹慎地說：「之所以這麼說，是因為須永老師平常有服用安眠藥的習慣，經解剖發現，那天晚上安眠藥的劑量似乎多了些……」

「解剖？」今日子小姐蹙緊形狀優美的眉頭。

「一開始明明沒有疑點，卻還是解剖嗎……而不是一般的驗屍……嗎？家屬還真狠得下心做出這個決定呢，也就是說，家屬之中可能有人一開始就覺得須永老師的死因可疑嗎……算了，這件事留到後面再來處理吧！你剛才說須永老師的死因是心肌梗塞，但其實是因為服用了過多的安眠藥所致嗎？」

「法醫也不敢說得那麼肯定，只說可能是原因之一，總之是語帶保留。雖說老師的身子還很硬朗，但人活到一定的歲數，再加上平常有吃藥的習慣，當然……雖說服用了過多的安眠藥，但也無法斷定那是足以致死的量。畢竟他年紀那麼大了，或許更應該視為單純心臟病發作才對——但是他服藥過量卻也是千真萬確的。」

「希望我一併調查這部分的意思也就是說……希望由我來判斷須永老師是不是自殺的意思嗎？這件事……請恕我直言，非常困難。要是我當時也在場的話還有可能，但是須永老師去世已經有一段時間了，再怎麼樣偵探也比不上警方或醫院的專業吧！」

這是非常實際的反應——充滿了今日子小姐的風格。

「嗯，我也這麼認為。只是，萬一須永老師是自殺的，那麼勢必會引起軒然大波……如果那是事實的話也沒辦法。」

「所以是希望我找出他不是自殺的證據嗎？」

今日子小姐先下手為強地搶白。

「不是自殺的證據……這也很困難，可能比找出自殺的證據還要困難。」

「這些問題我們都想過了，才會來拜託你。作創社想要委託今日子小姐從跟警方或醫院不同的角度進行分析。那份原稿……」我指著今日子小姐抱在懷裡的那份須永昼兵衛的遺稿。「如你所知，須永老師是在寫完那份原稿沒多久就去世了——因此，倘若老師的死不是猝死，而是自殺的話，那份原稿裡可能會有什麼線索。」

「有人這麼認為是嗎？嗯……所以希望得到第一個閱讀權利的我解開這道謎題嗎……感覺這將不是太愉快的閱讀體驗呢！」

今日子小姐向我確認：「想當然耳，沒有遺書之類的文件對吧？」

我點點頭。

「嗯，好像也沒有預立遺囑，家屬正為了遺產的事鬧得不太愉快……」

呃……這是不必要的資訊嗎？不過對偵探來說，應該沒有什麼是不必要的資訊吧。

「所以家屬們才想挖掘須永老師的死亡真相嗎？說不定不只自殺，還懷疑到他殺頭上了——也可能是有人故意讓老師服下過量安眠藥。」

「有、有這種可能嗎？」

「天曉得。」今日子小姐似乎被我整個人探出身子追問的氣勢嚇到，瑟縮了一下，接著說：「如果是這樣的話，那就不太夠了。」

「不太夠？哦……是指酬勞嗎？的確，畢竟是要從原稿中解讀出自殺的訊息這麼古怪的委託，這麼說也是。這部分我想作創社會盡量滿足你的開價，所以請不要客氣，敬請開出比一般案子還要高的費用……」

我還真當自己是經紀人，大言不慚地說。

「不是這個意思。」今日子小姐搖頭。「我不記得我們以前是怎麼相處的，但是在隱館先生心目中，我是這麼唯利是圖的偵探嗎？不是喔，我沒有這麼市儈。我的意思是說，假使這份遺稿對須永老師來說是某種遺書的話，光看這份遺稿是無法解讀出他尋死的原因的，必須把他在撰寫這部作品前的其他小說也全部看過才行。」

「其、其他小說？」

遺稿即遺書。這種表現手法完全符合曾經引領時代風潮的小說家給人的印象。但是提到其他的小說……我想起前幾天在須永老師的別墅裡看到，塞滿了一整個書櫃的大量著作。

「隱館先生，可以麻煩你將須永老師所有的作品送來給我嗎？」

「我、我想應該沒問題。」

我被今日子小姐的熱忱震懾住了，點頭答應。雖然是反射性地擅自答應，但是只要請紺藤先生幫忙，就算是現在已經絕版、或者是很難買到的書，他應該都有辦法弄到吧！再不濟還可以向圖書館或二手書店求助。但是一想到那麼龐大的數量……

「可、可是……今日子小姐，即使扣掉你已經看過的書和還記得的書，數量也相當龐大喔！實在不是一天可以看完的量。」

「不能扣掉已經看過和還記得的書！因為已經絕版而無緣拜讀的書、不合脾胃而跳過不看的系列作品自然不用說，不管是忘掉的作品還是記得的作品，都要一視同仁地重看一遍。就算一天看不完，既然要做就要做到徹底！」

今日子小姐說到這裡，彷彿為了幫自己加油打氣，拍了拍臉頰。

「徹底地——熬夜！」

5

一走出置手紙偵探事務所，我立刻打電話給紺藤先生，請他提供須永昼兵衛的全套著作。

「沒問題，我會在明天以前準備好送過去。」紺藤先生二話不說地一口答應。「嗯，雖然很辛苦，但有勞你了。不過我想有些書現在可能買不到了。」

「上次那個別墅裡的收藏應該很齊全吧！」

「啊，對，還有這個方法。雖然郵寄需要一點時間，但這樣就能儘快拿到了。」

只是這麼一來看完就必須把借來的書還回去，今日子小姐可能會有些不滿吧！她心裡一定也盤算著趁機將手邊沒有的須永作品補齊（不過今日子小姐在聽完我的敍述後，應該也想到只要從別墅調書就好了）。

「不好意思啊！紺藤先生，讓你費心了。」

「哪兒的話，原本就是我提出這麼無理的要求——厄介，也就是說掟上小姐願意接下這個委託囉？」

「對呀！我也有點意外……因為她基本上是不接受需要跨日的委託的。我想這真的是因為今日子小姐是須永老師的書迷喔！」

「也是，畢竟掟上小姐是看了須永老師的作品才立志要當偵探的嘛！」

「欸？真的嗎？」

「啊……不是啦！我只是覺得或許有這個可能。因為她是那麼死忠的讀者，我猜肯定是這樣的。」

「……嗯？」

紺藤先生的語氣有些不太對勁，我還來不及深究，他就自顧自地把話接下去：「所以呢？掟上小姐現在在幹嘛？若是趕一下，我今天能把須永老師的作品全部準備好……」

「就算全部準備好，也已經晚上了吧？這樣她一下子就想睡覺了——今日子小姐一旦睡著，就會忘記看過的內容。所以為了盡可能延長她活動的時間，她決定今晚好好地睡一覺，明天一早再開始工作。」

換言之，為了明天即將展開的工作，今日子小姐現在已經進入休息模式了。準備好好地充飽電，明天早上再開始工作。

「這樣啊……可是厄介，就算如此，須永老師全部的作品還是一個非常可觀的數量喔……我沒想到掟上小姐會採取這種作法，她真的能讀完嗎？」

「嗯，我也說了同樣的話。不過她說關於這點，她已經有腹案了。」

「腹案？什麼腹案？」

「我也不清楚。她不肯告訴我。說是為了嚴格遵守保密義務，要到當天才能揭曉。」

「嗯……不過這就是置手紙偵探事務所的賣點，所以就算是委託人，不到當天無法得知細節也是理所當然的。只不過，這是我一介外行人的擔憂，不先知道那個腹案，萬一今日子小姐自己忘了該怎麼辦？」

「她已經把這件事寫在手臂上了，所以我想應該不用擔心……至於那個腹案，說不定也已經寫在身體的某個部位才去睡覺的。」

「原來如此，雖說是忘卻偵探，但是也有很多備案呢！」

「話說回來，今日子小姐要我問你一件事。紺藤先生，你是怎麼想的？」

「什麼？你指的是？」

「我指的是你也認為須永老師是自殺嗎？也就是說，今日子小姐想要知道，倘若須永老師的死因真的是自殺，可以實話實說嗎？她擔心這一點。說得再直接一點，有可能結果會不如紺藤先生的意，那這樣是否會讓須永老師的名聲受損……」

「……依我個人意見，倘若這就是真相，我認為也只能坦然接受。像現在這種不明不白的狀態才最糟糕。」

「……」

「更何況，作家而言，選擇自殺結束生命並沒有你想的那麼不名譽。當然也要看動機或當時的狀況……所以若能從最後的原稿中找出動機，無論如何，還是想委託掟上小姐幫忙。」
「好。我明天就這樣告訴今日子小姐。」
說完，我掛斷電話——雖說如此，但我並沒有真的明白。因為我覺得紺藤先生口中的對於作家而言，自殺並非不名譽的死法，實在是一種過於極端的意見。的確，放眼文壇的歷史，自殺而死的作家多如天上繁星，但那已經是上一個時代的事了。或許因為紺藤先生是編輯才會那樣說，但是站在讀者的立場，那全都是令人感嘆的悲劇，絕對不值得推崇，更不值得讚賞。
無論須永老師的死因為何，都不能肯定自殺這種價值觀。只可惜，目前還沒有能夠推翻自殺論的材料，所以今日子小姐必須從須永老師全部的作品及遺稿中找出佐證。

6

長篇小說八十二本、短編小說十七本，加起來一共九十九本——這便是小說家須永昼兵衛畢生的作品。除此之外，其實還有對談及散文集、同人誌等等，但這次就先割愛了。還有如影像化、漫畫化等衍生作品，就算有參與腳本的製作，也同樣排除在外。儘管已經將範圍縮小到須永老師寫的「小說」──竟然還有這個數量。

明明篩選到只剩下原版，一個紙箱還是裝不下──其中有很多精裝本，都是精采壓軸之作。即使考慮到他將近五十年的寫作生涯，這也是相當驚人的數字──在現代人愈來愈遠離閱讀的情況下，一輩子看超過九十九本書的人更少了吧。要在完全不睡覺的情況下看完所有的書，實在難以想像。

特別值得一提的是，這些作品全都是寫完直接出版，並沒有經過雜誌連載才集結成書。他似乎從出道當時，就一直貫徹著小說應該要獨立存在的美學觀。秉持著這種信念的小說家其實不在少數，但是四十五年來，九十九本書始終貫徹著同樣的信念就很了不起了。

「再加上這一本。」

今日子小姐將我昨天交給她的信封袋放在搬進置手紙偵探事務所會客室

裡的那一大疊書上。

沒錯，還有須永老師的遺稿。最後一部作品——九十九本，加上一本。

也就是……一百本嗎？

這是偶然嗎？也太剛好了。

「我想……或許不是偶然喔。隱館先生，須永老師說不定是寫了一百本小說後，認為身為作家的心願已了，於是結束了自己的生命……」

「有、有這種可能性嗎？」

「沒有吧！」今日子輕而易舉地推翻這個假設。

「如果一百本全都是長篇小說的話還有可能。雖然一百本都是寫好直接出版，但其中還有十七本短篇小說……如果要以這個作為自殺的基準，也應該等一百本長篇都確定出版以後……不是嗎？」

「說得也是……那、那會不會是這樣呢？假設他在寫完那份遺稿，也就是最後一部作品之後隨即自殺，是因為寫出了長年追求的真正傑作，所以才覺得心願已了？」

我不清楚須永老師是不是真的有「真正的傑作」或者是「長年追求的東西」，但如果真是如此，今日子小姐只要讀完這部作品就知道了。於是我這麼隨口一提。但是也遭到今日子小姐的駁回：「我想也不是這個原因。」而且還是帶著冷笑意味的駁回。

「因為須永老師不是那種具有藝術家氣質的小說家。與其說多產，不如說是濫產的作家，才沒有什麼追求登峰造極的精神。」

這句話聽起來是極度嚴厲的批判，但是今日子小姐的語氣讓人感覺是書迷充滿愛意的批評。

「更何況，我剛才找不到機會說，今天早上起床，在等隱館先生抵達的空檔，為了善用每一刻，我已經看完這部最後的作品了。老實說，我不認為這部作品有好到值得賠上性命。」

「欸？這樣嗎？」

「當然這部作品也很好看，但是要用登峰造極、畢生傑作之類的詞彙來形容，總覺得有些名不符實……就只是我記憶中須永昼兵衛一向給人的那種感覺，看完很開心，會期待下一部作品的感覺。」

這樣啊——這麼一來，一些前提都不成立了。不管是不是畢生傑作，但我總覺得寫完這部小說的行為和須永老師的死有關……難道真的無關嗎？

「是的，就我看過內容的感覺，至少在這部小說裡並沒有找到讓須永老師尋死的要素……只不過，這只是最基本的感想。我想我昨天應該也說過，光看這一本書是無法做出結論的。或許看完這九十九本小說，再回頭看這份遺稿，會有另一種感覺。」

今日子小姐低頭看著須永老師全部的作品。

「先照順序重新排列吧！我想盡可能按照出版的順序閱讀。光這樣就得花一番時間了，先翻到最後一頁……」

「啊！這點請放心。紺藤先生已經設想周到地準備好了，認為可能會需要這樣的一張清單。」

我從口袋裡掏出紺藤先生事先交給我的一張紙——一個晚上就做出這種清單，那個人果然不是泛泛之輩。

須永老師著作清單

編號	書名	年次	發行日
1	水底殺人	1	2/9
2	眼藥水的說明書		10/17
3	天使走過的路	2	1/4
4	沉默申辯		4/4
5	刺痛的回憶		7/6
6	男人的孤寂之家	3	8/10
7	情報買賣	4	2/2
8	犯人的打扮		3/9
9	無罪正好		4/4
10	反追蹤		9/2
11	共犯的暗號	5	2/1

編號	書名	年次	發行日
25	僧人獻雞	8	2/20
26	人工密室		5/8
27	真是亂來	9	3/15
28	奇貨可居的小石子		7/1
29	七局下半的大亂鬥	10	1/7
30	兄長的潛逃		6/12
31	我家有座地牢		10/10
32	盜竊的黃金定律	11	4/2
33	不著邊際的多重事故	12	4/14
34	翻譯小說		8/27
35	我們的塗鴉簿	13	2/14

製表・作創社　紺藤文房

12	利弊得失	5	5／9
13	眼下行蹤不明		8／1
14	魔鬼接班人		11／5
15	求愛的虛榮		12／4
16	解法與解讀	6	3／13
17	愛兒們的勾心鬥角		6／22
18	肚子上面是胸部		10／10
19	三面鏡殺人案件	7	1／10
20	殺意的價格		6／30
21	貪案之王		10／2
22	業配文		12／13
23	間接證據	8	1／20
24	扭傷的腳踝		2／1

36	少女的楣運	13	4／20
37	身分不明的屍體	14	1／31
38	飽食終日		9／29
39	別留遺產給子孫		10／4
40	阻止暗殺計畫		10／16
41	可疑的美辭麗句	15	5／12
42	意外現場		6／20
43	久等的殺人		10／18
44	法律變更		11／24
45	關於你的線索	16	1／25
46	空包彈		3／10
47	被鳥啄食的屍體		3／15
48	天使路過的人生	17	2／18

編號	書名	年次	發行日
49	有罪無罪的調撥車道	17	4/17
50	拖泥帶水的死亡		10/8
51	僵持不下的殺人	18	2/3
52	想殺人請按鈴	19	1/9
53	乾電池引起的觸電身亡	20	2/16
54	人去樓空	23	6/21
55	雨男雨女		6/30
56	女王蜂的悲劇		6/30
57	太好了桐生	24	1/29
58	繼承者的女兒		3/8
59	妳的密探	25	1/11
60	染淚的蠟燭		5/28
61	情人的內涵		9/12

編號	書名	年次	發行日
75	到處亂走的神	33	11/9
76	後視鏡		12/17
77	沒報案的犯罪	34	1/9
78	消極主義的我		1/13
79	黃綠少年		2/3
80	謹遵意旨	35	6/19
81	嫌疑犯的粉絲族群		10/8
82	彬彬有禮的殺手	36	1/31
83	退休警探的親生父母		5/26
84	行動電話偵探	37	3/22
85	行動電話偵探(2)		8/22
86	竊取藍色	38	9/10
87	背叛的紅		12/10

62	名偵探芽衣子的事件簿	26	2/19
63	森林小學裡的怪物園	26	4/19
64	密室的隨堂小考	26	6/19
65	偵探的暑假	26	8/19
66	踢水俱樂部	27	2/22
67	芽衣子缺席的生日	27	8/19
68	偵探勝負運動會	30	2/19
69	又羞又喜的校慶	30	4/19
70	公家機關的犯罪	31	9/9
71	撲殺條例	31	11/8
72	寡不敵眾	32	4/18
73	動了的證據	32	8/4
74	一、二、慘死	33	7/1

88	藍色夕陽	39	7/13
89	兄弟的貨幣學	40	2/9
90	壞傢伙們的分贓	40	9/14
91	人稱殺人犯	41	1/27
92	規模經濟	41	4/3
93	半斤八兩	41	8/21
94	殺人倦怠	42	7/5
95	TBTF	43	1/23
96	可是啊遠藤	43	11/2
97	松葉	44	3/26
98	從窗台給我滾出去	44	9/17
99	連投之緣	45	5/28

「啊！這真是太好了，請幫我轉告那位紺藤先生，非常感謝他的貼心。」

都已經見過兩次面，卻還宛如陌生人的生疏客套。也對，對「今天的今日子小姐」而言，這個名為紺藤文房的男人，是現在第一次從我口中聽到的名字。儘管如此，依舊能讓她讚嘆至此，紺藤先生果然有一套。

「而且這樣羅列很清楚。發行日上面的數字應該是須永老師的作家資歷吧？從第一年到第四十五年……這個簡直可以直接收進將來應該會出版的須永老師全集裡呢。幾乎沒有需要補充的地方，如果硬要說有什麼不足……就只差這最後一部作品了。」

「那就把這本書補上去吧。書名叫什麼來著？」

「書名還沒取。須永老師總是拖到最後的最後書名才會取好，有時候甚至到出版的前一刻都還沒有標題……說不定這次也打算循同一模式呢！」

這麼一來，完成這最後的一部作品，身為小說家已經了無遺憾，從容赴死的可能性就更低了——因為如果是這樣，應該會先決定好書名才死吧！

「是因為對書名有什麼特別的堅持嗎？」

「也有人說他只是不擅於取名。如果要我來為這份遺稿定書名的話，我大概會取名為《玉米梗》吧！」

「什麼……《玉米梗》嗎？」

畢竟我沒看過內容，無法評斷這個標題貼不貼切——只能先照她說的寫進表單裡，出版日期先空著。

「那我就先告辭了。這是我的電話號碼，等你全部看完，有什麼發現隨時都可以打電話給我。」

心想差不多該打道回府了，我正要站起來時，今日子小姐卻慌張地留住了我。「欸？這、這可不成。我昨天沒告訴過你嗎？」

「告訴我什麼？」

「啊，對了，因為有保密義務，所以我應該沒告訴你。那還真是不好意思了。總之隱館先生，請先坐下來。要再來一杯咖啡嗎？」

「那、那就再給我一杯吧……」

怎麼回事？不過我也沒理由拒絕今日子小姐為我泡的咖啡（如果不是黑

咖啡就更好了），也沒有理由急著回去（反正我又沒工作），我只是擔心待太久的話，會壓縮到今日子小姐寶貴的活動時間。考慮到她接下來可能要連續熬夜，今日子小姐應該要盡早開始看書才是……

「不瞞你說，有件事請想隱館先生幫忙。」

今日子小姐準備好兩杯咖啡。

「咦……啊，嗯，只要我能力所及的話。」

只要是今日子小姐的請求，不管什麼內容我都會答應。從這點來看，其實也不能抱怨一搬出須永老師的名字就答應接下工作的今日子小姐什麼。

「接下來，在看完這一百本書以前，我都不能睡著，可是就如你所見，我也是一個普通人，所以可能無法戰勝瞌睡蟲的誘惑。就算只有一次，就算只有一瞬間，只要不小心睡著，我睡前看到的書全部都會忘得一乾二淨……這也是忘卻偵探可悲的地方。」

「嗯……這樣啊。」

不過，這個問題她應該早就知道了。今日子小姐應該心裡有數，才會接下這份完全不適合置手紙偵探事務所的工作——對了，她好像說過有什麼腹案來著？

「沒錯，是不折不扣的腹案。」

今日子小姐揉了揉自己的肚子。

「真的是不折不扣，如假包換的腹案——因為早上起床，就已寫在這邊了。『想睡的時候就請隱館厄介先生（巨人）叫醒我』。」

「欸？要、要我叫醒你……」

「雖然只是簡單幾個字，但確實就是字面上的意思。換句話說，昨天的我想到的辦法，就是請隱館先生亦步亦趨地監視我，不要讓我睡著——你願意接下這個使命嗎？」

得知今日子小姐認為我是巨人，有點受到打擊，但是能被今日子小姐倚靠，真是不勝欣喜。但仔細想想，要監視熬夜的人，不讓她睡著，就表示我也一樣，必須跟著徹夜不眠才行。與其說是監視，還不如說是互相監視。這麼顯而易見的事實，只可惜我的腦子當時還轉不過來。

「當然，請你協助的部分，我會付給你日薪，但我想應該不用花上太多天。我可能也說過了，這裡頭大概有一半的書我已經看過了……」

「是……」

竟然還有薪水可拿？我的工作只是看著工作中的今日子小姐就好，又不用看書，對於現在失業中、正在找工作的我來說，真是打著燈籠也找不到的頭路了。

「如果你覺得不方便，我當然也不會勉強。到時候我只好拜託剛才提到的紺藤先生……」

「沒問題，我願意幫忙。不對，請讓我幫忙。假如須永老師是自殺的，我也想知道原因。」

這句話有百分之八十都是騙人的，真要說實話，只要看著工作中的今日子小姐就有錢可拿，我才不想把這麼喜出望外的工作讓給紺藤先生，但也不能坦白說出這樣的心情——更何況，一帆風順的大作家突然沒有任何預兆地選擇了死亡，在我心裡也有兩成以上想知道箇中緣由。因為即使像我這種飽受懷疑、飽受不白之冤，甚至還被狂炒魷魚，只差一步就要流落街頭的傢伙，也沒想過要死……

倘若今日子小姐看完須永老師所有的作品，還是什麼玄機都沒看出來，將他的死亡歸結為自然死亡，可說是最完美的結局了——無論如何，這件事我已經參與到這裡，當然也想看到最後。

「這樣啊！你願意幫忙嗎？真是太好了，我很高興。那麼不好意思，由於這是一種雇傭關係，介意簽一下合約嗎？」

「啊，好的。說得也是，我也要遵守保密義務對吧？不過，我沒想到會這樣，所以沒帶印章……」

「不用那麼正式，只要簽名就好了。只是讓我清楚知道我是自願雇用隱館先生就行了……」

大概是剛才站起來去泡咖啡的時候順便從辦公桌上拿過來的，今日子小姐把一枝粗字的簽字筆交到我手中，捲起右手的袖子。

「請在這裡寫上一筆誓約書。」

7

我，隱館厄介在此立誓，在身爲置手紙偵探事務所臨時員工的這段期間，會隨時負責叫醒掟上今日子所長。

8

我沒有想太多，單純覺得能一直看著今日子小姐工作的工作太棒了，立刻就一頭撲進去了。不過，仔細想想，這可是身為一介配角、且不斷被捲入各種案件的我作夢也想不到的出頭天啊！

更沒想到的是，我在今日子小姐的右手臂上寫下了誓約書，這讓我聯想到了——得力的左右手。沒錯，自從被更級研究所炒魷魚，失業許久的我得到的工作，居然是「名偵探的助手」。

也就是所謂華生的角色。

由於名偵探是只有被犯罪之神眷顧才能從事的職業，一思及此，華生的角色可是一般人能爬到的最高職位——這教我怎麼可能不雀躍興奮。

當然，這只限於這次的案件，當須永老師死亡的真相大白，我們的雇佣契約就到結束，我將再度做回一般人、配角甲（不對，可能是乙？還是丙？）……算了，我不應該想這麼多，破壞現在的興奮。

還是先專注於眼前的工作。

無論什麼樣的工作，都是一樣的。

如此這般，我將注意力集中在今日子小姐坐在我面前看書的身影——今日子小姐看也不看我一眼，閱讀起須永昼兵衛的出道作品。

須永昼兵衛著《水底殺人》。

距今四十五年前出版的一本書，無論書名或封面設計，都呈現出當時的本格推理小說有稜有角的質感。我最熟悉的是以《名偵探芽衣子的事件簿》為代表作品，被譽為青少年讀物作家的須永老師，所以不太知曉他這方面的風格……話說回來，須永老師的作品實在太多，像我這種人怎麼可能明白什麼作家的個性或風格。

「這倒是。他剛出道那幾年，作品還沒上軌道，寫的都是這類硬梆梆的推理小說。說難聽一點，他其實也是順應當時的流行而出道的。」

今日子小姐邊說邊檢視紺藤先生製作的那張表——原來如此，從書名來看，的確都是那方面的作品。

「出道時是三十歲嗎……以小說家而言不算太早、也不算太晚對吧？」

「沒錯。只不過，須永老師本身似乎認為三十歲就寫本格推理好像太早了點，所以出道當時並沒有公開年齡。果然是年輕人會有的想法。嗯，老作家須永昼兵衛，有出道作，也有年輕的時候。」

「就像里井老師在畫少年漫畫的時候，會用男性筆名那樣嗎？」

「我不知道你口中的里井老師是誰，不過大概八九不離十吧！」

今日子小姐回答時沒有停下翻頁的手。我不知道該不該在別人看書的時候找對方說話，但或許還是和她說話比較好。仔細想想，雖然她才剛開始閱讀，但為了預防夜深犯睏，還是應該從現在就讓她習慣與我聊天吧……到了那時候，萬一對話無以為繼的話，反而會更想睡吧！

「原來如此，原來是不想被當成毛頭小伙子，所以才會取這種有點老氣、奇怪的筆名。」

「須永晝兵衛是本名喔！」

今日子小姐告訴我。

「欸？這麼奇怪——不好意思，看這麼特別的名字，我還以為是筆名，真想不到……」

算了，我爸媽給我起的名字也好不到哪裡去……

「今日子小姐最早看的是須永老師的哪一部作品？」

「跟大家一樣，都是《到處亂走的神》。」

我不清楚這個答案是不是跟大家一樣，但的確就連我也聽過這本書的名字。我雖然沒看過，但應該被拍成了由知名演員主演的連續劇……或許還拍過電影。

「對呀！我也是先看了電影。老實說，我不否認最初是衝著演員去看的，但就那樣迷上他的作品了。後來只要買得到，我就盡可能地蒐全須永老師的作品……」

呵呵……今日子淺笑著。

似乎想起以前的往事——對今日子小姐而言，那可是少數可以想起的珍貴「往事」。

「為、為什麼今日子小姐這麼喜歡須永老師的作品呢？專業偵探喜歡推理小說還滿少見的……事實上，紺藤先生說過，這也是他特別想把這次的事委託給今日子小姐的原因。」

不僅如此，紺藤先生還說過，今日子小姐是看過須永老師的作品，才立志當偵探的——果真如此，他可說是決定今日子小姐人生的作家。

不過，我承認須永老師的確是一個非常偉大的推理作家，但須永昼兵衛不是那種會影響別人一生的小說家。無關褒貶，他是一個將娛樂性貫徹到底的作家，世人對他不會給予文章會指引人生的意義、左右一個人的將來之類的評價，所以基本上與得獎競賽無緣。將來可能會有以他名字命名的獎項，但卻沒得過獎——他就是一個這樣的作家。

「我之所以喜歡須永老師作品的理由非常明確。因為須永老師隨時都在面對生命這個議題。」

「生命……？」

「當然他基本上還是推理作家，所以書裡會一直出現死人。可是，處理生命議題他絕對是認真對待——十幾歲的我就是愛上這種風格。」

「喔……」

縱使她說得熱血激昂，我卻絲毫沒有這樣的感覺，難以連點頭附和。只覺得每個人都有自己的讀後感。我愛讀的《名偵探芽衣子》系列是青少年小說，或許本來就不會出現死人的情節，但還是不太能體會她的意思。今日子小姐不理會我，繼續說了起來。

「所以我才覺得奇怪。那麼珍視生命價值的須永老師，不管有什麼理由，我都不認為他會選擇自殺。」

聽到這裡，我反而不安起來——紺藤先生基於今日子小姐是須永老師的書迷才委託她這件事，但是聽今日子小姐說的話到現在，我心裡再度隱約燃起恐懼，會不會正因為她是書迷，反而不適合調查須永老師的死因。

正因為是書迷，所以在展開調查之前，就已經存有不相信須永老師會自殺的成見——就算事不至此，會不會在看了一百本書以後，得出只有書迷才有的過度解釋呢？

我也有過這方面的經驗，太愛一部作品，有時候會進行偏離十萬八千里的解讀——或許是敏銳地察覺到我的心思，今日子小姐說：「舉例來說，就我所知，須永老師在他的創作生涯中，曾經停筆過兩次左右，而且都長達好幾年。」

經她這麼一說，我對照清單——的確，在他寫作的第二十年到第二十三年、第二十七年到第三十年之間，沒有出版過任何一本新書。這是為什麼呢？

「當然這段期間也出版過以前作品的文庫版，進行過作品的多媒體改編，所以不曾給人暫停寫作的印象。根據須永老師後來在散文集裡提到的，第一次暫停寫作是他母親、第二次暫停寫作是他父親去世的時候。」

「是服喪的意思嗎？」

「沒錯，就是這樣。或許因為打擊太大了，寫不出東西來也未可知。」

我不太能理解一個出社會的資歷已有二十年的成人，會因為親人去世的打擊而無法工作嗎？——打擊當然非同小可，但是三年都還走不出來未免也太久了吧？如果那就是「認真地面對生命」，的確是非同小可。

「至少，」今日子小姐接著說：「至少就我看過的書，須永老師的作品從未出現過自殺的人。」

「欸……一、一個也沒有嗎？」

「沒錯。一個也沒有。不管是配角、還是沒有亮相的閒雜人等……彷彿須永老師在刻意避免寫到自殺這兩個字。」

「……」

這句話令我陷入了沉思。

有這種事嗎？就像在「名偵探芽衣子」系列裡會刻意避免出現死人那樣，我能理解他想要避開這方面的詞彙和概念……但是所有作品都無一例外？

「嚴格來說，當然也不是沒有例外。像是對話中就曾經出現歷史上自盡身亡的人物名字——只不過就連那樣也不會提及那個人是自殺的。」

「這該怎麼說呢……」

已經不能用單純的偶然來帶過了。

如果是一般的小說家，或許真會發生這樣的偶然，但是，須永老師的作品風格雖然包羅萬象，但基本上還是推理小說家——推理小說家真有可能完全不在小說裡寫到「自殺」兩個字嗎？就像科幻作家要在寫作生涯中完全不提及「科學」二字同樣地困難吧？偽裝成自殺的殺人、偽裝成殺人的自殺……寫了四十五年的推理小說，真能一次也不用到這種詭計嗎……

「不過要因此下定論也言之過早。這只是在我看過的作品中，而且還是我記得的範圍內沒有出現過而已。為了弄清楚這點，也得把須永老師的作品全部看過才行。」

「如果是最近的作品，應該都已經數位化了。只要拜託紺藤先生，應該就能機械性地搜尋單字了……」

「自殘、自盡、切腹、跳樓、割腕，自殺的表現方式琳瑯滿目，不一而足——箇中語意只能靠自己的雙眼來搜尋喔！更何況，我也不是為了搜尋單字才要讀遍所有作品，那並不是我最大的目的。」

「咦？這樣嗎？」

聽到這裡，我還以為這已經是足以證明須永老師不是自殺的關鍵性證據——但如果真是如此，她昨天就應該告訴我了。

「嗯。因為我只是從事實中建立起『所以須永老師不是自殺』的假設，但是同樣的事實也可以導出『正因為須永老師對自殺一事有所嚮往，才會刻意避免使用這些字眼』的假說——兩種說法都說得通。」

這麼說還真是沒錯——該說是推理小說的自相矛盾嗎？即可以同時證明兩個相反假設的證據。不過，從今日子小姐接下來才要解開謎團來看，表示事實並非如此吧……一想到萬一看完一百本書，卻還是徒勞無功的話，不禁心裡一緊……還是說莫非今日子小姐已經有什麼想法了嗎？

「順便告訴你，須永老師的作品中，我最喜歡的是從《名偵探芽衣子的事件簿》開始的『名偵探芽衣子』系列。」

「欸!?」

今日子小姐只是順著這個話題不經意提到，我卻不由得反應激烈——因為今日子小姐最喜歡的作品，居然是須永老師作品中我唯一讀完整個系列的作品。由於這是對遺稿也毫不留情批評的今日子小姐最喜歡的作品，讓我心裡充滿了彷彿找到同好的喜悅——雖然我對「芽衣子」也沒喜歡到那個地步……

「沒錯。相反地，我之前無論如何也接受不了《求愛的虛榮》和《兄長的潛逃》這種官能系列，還有風格異常怪誕的《肚子上面是胸部》這種……也趁這次好好拜讀一下。」

今日子小姐說到這裡，闔上第一本《水底殺人》。

「啊！要休息了嗎？我好像太多話了，對不起。」

「不會，別放在心上。託你的福，工作很順利，我已經看完第一本了。」

「真、真的嗎!?」

我嚇了一跳——距離她剛閱讀還不到一個小時。她雖然很客氣地說是「託我的福」，實際上邊和我聊天邊看書，肯定降低了閱讀的速度。照這個速度，說不定一百本很快就可以看完了。

「請不要對我有這麼高的期待。這本《水底殺人》是我以前就看過很多次的書，所以重新閱讀也能維持在最快的速度。沒看過的、忘了內容的書一定就沒這麼快了。」

也有一些是就算記得，但印象已經模糊的書——今日子小姐瞥了一眼堆積如山的書。

「既然如此，隱館先生，你要不要趁現在在那張沙發上躺一下？接下來是長期抗戰……不能睡覺的只有我一個人就夠了。」

這麼說的確很有道理，但是我的臉皮還沒有厚到在已經做好熬夜覺悟的今日子小姐面前睡覺的地步——今日子小姐拿起第二本書。

還剩下九十九本——名偵探的戰鬥才剛揭開序幕。

9

仔細想想，雖然這只不過是個偶然，但萬一須永老師的死因仍為自殺，那他選擇以安眠藥的方式來結束生命真是太諷刺了——姑且不論發生在更級研究所的事，安眠藥根本是今日子小姐的大敵。

今日子小姐徹夜不眠地調查在睡夢中去世的須永老師的死因——就機緣巧合來說也巧得稍微過頭了。我厚著臉皮與這樣的偶然同席，但怎麼樣都無法拂去那種跑錯場子的感覺，還是以一介證人的身分，見證到最後一刻吧！

這麼說來，關鍵的確是在後半場，一直盯著還沒睡著的今日子小姐看也很失禮。隨著今日子小姐拿起第二本書，我稍微計算了一下，她實際看完這一百本書需要多久的時間呢？

雖說大約有一半是已經看過的書，但我想速度肯定會隨著時間逐漸下降……假設平均看一本書要兩個小時好了，兩百個小時？那麼全部看完得花上八天以上——人類不可能撐這麼久不睡覺吧！這已經不是下定決心或毅力就可以解決的問題，搞不好可是會出人命的。就我所知，今日子小姐連續熬夜的最高紀錄是三個晚上。前一天已經做好萬全的準備，今天大概也打算三天不睡覺吧！

只是，我記得她當時已經進入半昏迷狀態，到最後根本已經意識模糊——雖說是熬夜，一般人基本上還是處於睡睡醒醒的狀態，今日子小姐卻連瞇一下都不行。人在那種情況下還能閱讀嗎？

看完第一本《水底殺人》所花的時間大約是三十分鐘……或許關鍵在於這種重新閱讀的速度能維持到什麼時候。但等到她對睡眠的渴望到達頂點，亦即最後的衝刺階段，才要開始面對接踵而來沒看過（或者是已經忘記）的新作品，對今日子小姐來說，這種絕對不可逆的順序實在是太折磨人了。

她堅持書寫的順序是關鍵，所以一定要依序閱讀，但是考慮到效率問題，從遺稿（姑且命名為《玉米梗》）反過來讀比較好吧……或是只讀沒看過（已經忘記）的書？不過，這種事根本輪不到我說，今日子小姐本身應該最清楚——她是考慮過後，才決定要從頭開始看的，所以我也沒有權利對她的判斷多所置喙。

只能靜靜地守候著她。

……雖然是沒什麼意義的假設，換作是我，在說要網羅上百本書的時候，肯定會按照系列來讀吧。於是我又把那張清單看了一遍。須永老師在其寫作生涯中寫了好多系列作品，加起來到底有幾個呢？我想問今日子小姐，但是也有的是在今日子小姐所知範圍之後才寫的系列吧。於是我決定自己來數。倒也不是想打發時間，只是利用空檔做點事，說不定還能幫上今日子小姐的忙。光是在一旁監視她工作，算不上是華生的功能……光看書名可能無從得知，我不時參照那堆積如山的一百本書的內容簡介，整理分類。

整理出來的結果如下——

①「藥品偵探」2、3、4、6、8

②「無名推理」5、7、9、10

③「時效警部補」11、12、13、14、16、19

④「求愛」15、17、24、30、31
⑤「解體教授」18、23、27、28、29
⑥「惡魔團」20、21、22
⑦「密室專門」26、32、33
⑧「幻想旅行記」34、37、40
⑨「六年六班」35、36、43
⑩「小祝補物帳」38、39、42、44、46、54、55、58
⑪「成語偵探」41、45、47
⑫「反峰法官」49、52、53
⑬「安樂死偵探S」50、59
⑭「漆根紅」56、60、61
⑮「桐生入道」57、70、71、77
⑯「名偵探芽衣子」62、63、64、65、67、68、69
⑰「星星博士」72、74、81

⑱「鐘表行」73、82、96
⑲「退休警部」75、76、78、80、83、94
⑳「行動電話偵探」84、85、92、93、97
㉑「藍色怪盜」86、87、88、99
㉒「概算兄弟」89、90、91、95、98

……像這樣分門別類，不難發現九十九本作品幾乎都是系列作品。一輩子能寫出二十二個系列，而且每個系列都已經完結了，真是令人肅然起敬。

這或許也是須永老師身為大眾文學作家，還能被譽為一流的主要原因。絕不讓系列作品半途而廢，不管花幾年都要寫完。只要還有一名讀者，作者就有義務要將作品收尾——這似乎也是須永老師身為作家的堅持。相反地，不管再受歡迎，都不會讓系列作品無止境地沒完沒了下去，通常五本就會結束也是基於同樣的堅持吧！即使是系列作品，也刻意寫成從哪一本開始看都不會妨礙閱讀，難怪他會受到男女老少的喜愛，畢生都屹立不搖地站在第一線。

……須永老師雖然給人推理作家的印象，但其實也寫了很多推理以外的作品。例如今日子小姐吞不下去的官能系列和異常怪誕、風格強烈的作品，當然也有奇幻風格和稱得上是純文學的系列。

換句話說，不僅多產，風格還多變。

比方說，創造出舉世聞名的名偵探夏洛克·福爾摩斯的柯南·道爾也不認為自己是推理作家，他寫了代表作《失落的世界》，自認為是科幻作家。或許想把作家分門別類的行為本身就錯了——雖然從綜觀的角度來看，須永老師肯定是公認的推理作家。

「……嗯？今日子小姐，我可能發現了一個很重要的線索喔！」

「哦？什麼線索？」

今日子小姐從書本裡抬起頭來，與其說是對我「發現的線索」感到好奇，更像是對我那過度自信，有些裝模作樣的語氣感到懷疑，她狐疑地盯著我看。

我清了清喉嚨，讓情緒沉澱一下：「我剛才把須永老師的作品按系列分類了一下，發現須永老師這幾年都沒有展開新系列，反而陸續將一些未完結的系列作品畫下句點，簡直就像在為自己的寫作生涯畫下休止符……」

「哦，那個啊，今天早上的新聞也有人提到呢！可是那是不了解須永老師的外行人才會說的話喔！」

今日子小姐不等我把話說完，又把視線移回書上。不了解須永老師的外行人……這是什麼形容？

「這種現象根本不足為奇，過去也發生過好幾次，每次都讓書迷心驚膽跳的。」

既然她都這麼說了，我又把清單重新看過一遍。須永老師寫了太多書，所以乍看之下不明顯，但是將現在進行式的系列作品畫下句點的時機的確有兩次——不是從最近才開始的。

而且每次畫下句點之後，就自然而然地展開新系列……

有一就有二，就二就有三。

看樣子我的大發現只不過是書迷間的常識。

「這麼說來，那份遺稿是新系列的第一彈嗎？」

「不是，《玉米梗》不是系列作品。」

「不是系列作品……？是那種不屬於任何系列，一本就結束的作品，是這個意思吧？」

數量雖然不多，但是在須永老師漫長的寫作生涯中，的確也寫過這樣的小說。例如出道作品《水底殺人》就是這樣的作品，後來在寫作生涯第八年寫的《僧人獻雞》也是如此。除此之外還有……不過除了出道作品比較有名以外，其他大部分都是看了清單才第一次見到的書名。

「對呀！書迷之間也認為除了《水底殺人》以外的非系列作品，都是他中場休息時寫的作品呢！不是讓讀者中場休息，而是讓作者中場休息。須永老師偶爾也會想寫一些不用考慮讀者接受度、也不管銷售量的小說。」

「中場休息……嗎？」

「類似一種暫時休筆的概念。」

「……」

果真如此，那也真是太慘烈了……因為須永老師「中場休息」竟然還在寫小說……熱愛寫作到這個地步，只能說是被什麼附身了。就算不是自殺，這麼瘋狂的寫作模式難道不會縮短須永老師的壽命嗎？學生時代，班上的資優生念書的空檔也都還在認真念書，從須永老師的寫作經歷來看，感覺跟那樣的人很像，甚至更勝一籌。

此時此刻，我從眼前的今日子小姐身上也感受到那股瘋狂——打算不睡覺地看完一百本書的名偵探，不可能不讓人感到瘋狂。

「……今日子小姐，你為什麼會想成為偵探？」

我問出口了——不過，我並不是因為紺藤先生說過今日子小姐是看了須永老師的作品才立志當偵探，想確認這件事的真偽，真的只是剛好聊到這裡，隨口問問罷了。

對於難以承受與今日子小姐兩人面對面共處一室的緊張感、受雇於她的助手而言，這話題頗為私密……於是我連忙再補一句：「呃，因為我現在正在找工作……你願意給我工作，我真的非常感激……但是又想到接下來該靠什麼維生呢……不管做什麼工作，總是無法投入……我一直很迷惘，什麼是我可以做一輩子的工作。」

「哦。」

今日子小姐漠不關心地漫應一聲。這也難怪，生得虎背熊腰，在她眼中相當於巨人的助手突然問她這種人生問題，肯定不知道該怎麼回答吧！尤其「今天的今日子小姐」更無從知道我是那種很容易被捲入案件的配角型人物，才更難找工作的體質。

實際上，今日子小姐的確先搬出「我不清楚隱館先生的狀況……」的開場白，才接著說：「我之所以成為偵探……」

假使她立志成為偵探的原因與須永老師的作品有關，也不可能告訴（至少在她心目中）今天才剛認識的我，這種與忘卻偵探的本質息息相關的問題，所以我以為她會回答「為了將自己記憶每天歸零的優勢發揮到淋漓盡致，才選擇偵探這個職業」這種單純至極的答案，沒想到答案卻推翻我的預測。

「沒有原因。」

10

不用參照須永昼兵衛長達四十五年的寫作生涯也知道，人生在世，沒有什麼工作是輕鬆的——儘管如此，人要工作，不然就沒有飯吃。不對，對須永老師來說，他就算不工作，也已經賺到了三輩子都吃不完的錢，但他還是繼續工作——既然如此，不管再苦，再不如意，工作本身或許都有其意義。

只不過，要讓經歷過各種職場，也被各種職場炒魷魚的我來說，可沒辦法這麼簡單就同意這句話。就連為了不讓工作中的今日子小姐睡著，必須一直監視她看書這種作夢般的好差事，也都隱藏著陷阱。而且是我過去從來沒有經歷過，非常可怕的陷阱。

沒多久我就發現，一直監視著今日子小姐不讓她睡著，就表示我自己也不能睡覺（我第一天晚上就注意到了），但是這個「監視工作」還隱藏著更嚴重的問題。

這個問題自從今日子小姐看書效率明顯下降的第二天晚上以後，逐漸露出它猙獰的真面目——基於「企業機密」，我還是不知道今日子小姐記得須永老師的作品到什麼程度，又是從哪裡開始忘記；也不知道她讀過哪些，沒讀過哪些，但大概在看完五十本書後，今日子小姐翻頁的速度明顯慢了下來。

不過這不能單純地認為是已經讀到了不記得的書——因為不可能不記得。第五十本和第五十一本書出版的時候，今日子小姐還沒出生——若她真不記得，應該連須永昼兵衛的名字也不記得吧。然而速度確實大幅減緩了——原因不言可喻，因為今日子小姐那時已經流露出藏也藏不住的倦意。

「看書比想像中還要累呢……哇哈哈……」

當時的今日子小姐還笑得出來，但我心裡隱約已經有了不祥的預感——不一會兒，我的預感便成真了。本來還有點擔心，萬一我比今日子小姐先犯睏怎麼辦，但這種想法實在是太自我中心了。一個什麼事也沒做，只是看著今日子小姐的男人，怎麼可能比一直集中精神看書的今日子小姐更早撐不住？

我這個笨蛋，一直模糊焦點也不是辦法，其實具體問題出現在閱讀長跑開始大約過了七十二個小時，從那時候起笑容從今日子小姐的臉上消失了。

據實說來，就是她情緒變得不穩定。

剛熬過第一個晚上，彼此的情緒異常高昂，還聊了不少須永老師以外的話題（現在回想起來，當時是這份工作最快樂的時刻）。然而到了第三天以後，幾乎已經不再有讓彼此保持清醒的對話了——我就算對她說「加油」等鼓勵的話，她也只會回我「我在加油啊。難道看起來不像那回事嗎？」這種夾槍帶棍的話。

「那我只能盡量加油拚了，隱館先生這麼逼我的話……」

……這麼一來，對話自然也進行不下去了。但就算不說話，比方只是站起來去上廁所，她也會雞蛋裡挑骨頭：「走路可以小聲一點嗎？我會分心的。請不要干擾我。」

是的，我不曾理解今日子小姐交付給我的任務本質，一個人樂得跟傻瓜一樣——我的任務是「要讓想睡到極點的人一直保持清醒」，我還傻傻地以為只是「希望你能陪我熬夜」。這不只是今日子小姐的問題，沒有人愈想睡心情愈好，同樣地，想睡的時候不能睡，也沒有人心情會愉快。

這麼一來，我的任務就不是負責監視的人了。

而是負責執行酷刑的獄卒。

這個比喻絕不誇張，眾所周知，「不讓人睡覺」是嚴刑逼供時最有效的方法之一。

算準今日子小姐快要打瞌睡的時候對她說話，有時候是發出聲音，妨礙她進入夢鄉。起初，她還會感謝我：「謝謝你，隱館先生，救了我一命。」曾幾何時，變成只是用怨恨的眼神瞪著我。

泡咖啡、準備加了一大堆香辛料的刺激性料理也是我的工作——為了不讓今日子小姐睡著，我一有空檔就使出各種毒辣的手段。對我來說，再也沒有比看她一臉嫌棄地吃下我特別為她煮的菜更悲劇的事了，當然這對吃的人來說也是一場悲劇吧。不斷地對心儀的女性施以酷刑，不斷地找她麻煩，不斷地被她憎恨、討厭、怨懟的工作——我這輩子從未體驗過這種地獄般的工作，無論蒙受多大的不白之冤，也從未像現在這麼噁心反胃過。

當然，這是今日子小姐自己提出的要求，是她的建議，也是她的腹案，在她接下這件委託時，應該就有事情會演變至此的覺悟了吧——不過我完全沒有這方面的心理準備，也不是希望事情變成這樣才在她的右手臂寫下誓約書的。沒想到平常那麼溫柔穩重、待人和氣的今日子小姐，如今卻痛恨我到這種地步——但如果只是這樣，我可能還承受得住。真正的問題是，我也討厭起今日子小姐來了。

理智雖然清楚告訴我，不可以把體力和意志力都處於臨界狀態之今日子小姐的言行當真。但我也只是照她的吩咐做，卻反被那樣尖銳的態度糟蹋，實在很難保持內心的平靜。很遺憾，隱館厄介不是多麼人品高尚的好青年。

我居然對三番四次將我從百口莫辯的窘境中拯救出來，對我照顧有加，怎麼感謝也感謝不完的今日子小姐產生那種反抗的心情，真是令我悲傷又痛苦……不過，老實說，我連感受痛苦的閒情逸致都沒有。

面對今日子小姐心浮氣躁的態度，讓我也跟著心浮氣躁了起來。

沒想到睡眠不足竟讓人如此失去冷靜，我竟覺得今日子小姐面目可憎。

結果置手紙偵探事務所的會客室裡充滿著劍拔弩張的情緒，氣氛變得糟透了。相較之下，前幾天在須永老師的別墅裡感受到的尷尬氣氛根本只是小意思。

在那趟小旅行中，很高興看到今日子小姐私底下的一面……但眼下這個環境可說完全相反。看到不想看到的那一面，產生不想產生的情緒。我必須一直眼睜睜地看著今日子小姐被工作逼到絕境，口不擇言的模樣，不僅如此，我的任務就是繼續逼迫她、壓榨她，害她更加口不擇言。就算我想請她休息一下，也絕對不能說出口——身為忘卻偵探的今日子小姐是不可以休息的，想休息的話，只能等到問題解決以後。

如果不是以配角，而是以華生的身分、以伙伴的身分和今日子小姐一起工作就是這樣，那麼很遺憾我實在無福消受——就算是拜託我做，也只僅限這一次。我這樣的人，本來就匹配不上這樣的工作。

「隱館先生，咖啡喝完了。你實在是有夠不機伶吔。」

如果是正常的今日子小姐，絕對不會說出後面那句話吧，但是差點睡著的我根本沒資格反駁，我只能在她的催促下，無言地再為她倒一杯咖啡。

「隱館先生，可以請你捏我一下嗎？」

「……欸？」

我端著滿滿一杯咖啡從廚房回來的時候，今日子小姐一面用打溼的毛巾擦臉，一面低聲地對我提出了要求。我實在太睏了，一時半刻反應不過來。

「我已經睏到一個極限了，請你用力捏我的臉頰。」

「臉、臉頰嗎……」

若要趕走睡意，捏手臂或手背不就好了？難道是不想弄痛拿書的手嗎？

「快點。要是不能撐過這波睡意，過去的努力就都嗡費了……」

她的聲音聽起來完全就是要睡著了，連ㄅ的發音都發不好了，沒有時間再猶豫了。可、可是，要我捏女生的臉，還是有點怪怪的。然而今日子小姐卻不由分說地要求：「拜託你了。這也是我對自己的懲罰。明明是我請隱館先生幫我，態度卻那麼傲慢無禮。」

然後又語帶責備地說：「你忘了在誓約書上寫了什麼喵？」她都說到這個份上了，我也不能拒絕。都怪我不好，怪我把事情想得太簡單，怪我沒有想到事情會變成這樣，就寫下誓約書。我鼓起勇氣，雙手捏住今日子小姐的左右臉頰。

「呴的，那摸……請鳥暫時就這樣喵著。」

雖然今日子小姐不只是ㄅ，連發其他的音都崩壞了，但似乎意外有效，自從我捏住她的臉，她的閱讀長跑也稍微找回了原本的速度。

因為老是捏同樣的地方也是會習慣的，所以只好一直改變位置，鼻子、眉頭、眼皮，總之將今日子小姐的臉部五官都摸遍了——光臉被摸來摸去只會讓人不快，所以也具有提神醒腦的效果吧。只可惜，今日子小姐討厭我的問題依舊沒有解決，而且持續惡化——但是當時的我滿腦子只想早點完成這項苦差事，已經自暴自棄地想著，只要今日子小姐能順利地閱讀，一切都無所謂了。

就算這麼做有提神醒腦的效果，然而今日子小姐醒著的時間已經超過一百個小時，接下來將進入第四個不眠的夜。據我所知，四個晚上不睡會發生什麼事，對今日子小姐本人也是未知的領域。而且說老實話，我已經不小心睡著過好幾次。由於是捏著今日子小姐的臉頰就睡著了，所以整個人垂倒在今日子小姐身上，兩人同時倒趴在桌子上，拜疼痛所賜，侵襲我們的瞌睡蟲一起撞飛了，但這種幸運不會一再發生。

事實上。

第五天的今日子小姐疲憊到不忍卒睹的地步——我終於說出了：「放棄吧！今日子小姐。」。

「這個任務一開始就不可能完成。在這種狀態下看書，根本什麼也讀不進去吧……我會向紺藤先生解釋的。」

「喵……可……不……行……」

今日子小姐在臉頰被捏著的狀態下，一句話講得支離破碎的。但是就算放手，我想她還是講不出一句完整的話吧！

「既然接下來……就要到最後。」

今日子小姐堅持要撐下去。

只有這句話，力道強大到難以想像是從已經一百個小時沒睡覺的人口中講出來的——問題是，她用來翻頁的手幾乎已經不動了。

我望向原本堆積如山的書堆裡剩下的書。我的意識也已經渙散，光要數數都顯得困難，還剩下……十幾本左右吧。一百個小時完全不眠不休地讀到剩下這些，實在很了不起。但是在這種狀態下應該連一本，不，是連一行都看不下去了。

我不懂。

是什麼讓今日子小姐堅持到這個地步？她明明說她當偵探「沒有原因」——這麼一來不就只是那種專注於解謎的古怪名偵探嗎？我一直認為把只要「忘卻」和「最快」這兩個關鍵字從今日子小姐身上拿掉，她就只是一個普通的正常人……

「不、不能只是看過而已喔！今日子小姐。看完以後，還要推理才行，可是你的腦袋已經轉不過來了吧？」

「太沒……禮貌了。西西油……假設了。」

西西油？什麼意思？是已經有假設了？還是沒有？從前後文聽來，應該是有的意思，但我也不敢確定現在是否還有解讀前後文的能力。

「喵管那麼多，鳥只要乖乖……照咪說的，捏咪的臉頰就喵……不要再囉哩叭嗦的喵……」

今日子小姐說完，站了起來——由於沙發會讓人想睡，所以她從很早以前，就已經跪坐在地板上了。似乎是跪到腳痲，只見今日子小姐宛如剛生下來的小鹿般，搖搖晃晃地邁開腳步。

「今、今日子小姐，你要上哪兒去？」

「去沖個澡……仔細想想，至少已經一整天沒洗澡了。我竟然會在男性面前這麼久都沒換過衣服，真獅的……」

要說，我也好不到哪裡去，只是女生比較在意這種事吧。或許沖個熱水澡能清醒一點，我沒理由阻止她。雖然不能休息，但有必要轉換一下心情。

「請在我回來以前準備好晚……晚餐？消夜？早飯？喵啊，哪個都好。

總之口以吃就好。廚房隨鳥用……嗯，之前好像說過了？裡面的房間是我的寢室，絕對不口以進來喔。」

「好……我不會進去的。」

我的腦筋也轉不太過來了，只能微微點頭，事後回想起來，今日子小姐當時說了不必要的話——她不應該提到什麼裡面的房間。我又不是三歲小孩了，不用特別叮嚀，我也知道不可以隨便翻別人的事務所。但白鶴報恩的故事就是最好的例子，愈是特別交代，就愈會引人好奇。

這是今日子小姐不該犯的錯誤，但是第五天的今日子小姐顯然是太睏了——被她這麼一說，雖然很在意，但我也不是這樣就會去偷看的好奇寶寶，更重要的是，我已經沒那個力氣了。

照她吩咐地進到廚房，唯唯諾諾地準備兩人份的餐點——不過冰箱裡的食材差不多要告罄了，得找個機會出去買才行。

把今日子小姐一個人留在家裡太危險了（她可能會在我出門的時候睡著），只好兩個人都稍事梳洗，一起去買東西。

話雖如此，我也沒有繼續在這種情況下切菜或開火的自信……那就買現成的便當打發一下吧……既然如此，乾脆叫外賣吧？不行吧？一想到這棟樓的保全系統之完善，光是開門取外賣的時間……就在我東想西想的時候，已經把不曉得是晚飯是消夜還是早餐的餐點做好了。

最初還想「為了提神醒腦，刻意用大量的香辛料調味」，但現在已經沒有那個必要了——味道應該已經自然而然變得亂七八糟了。

就在這個時候。

意識中斷了一下。

不對，不是一下——我把碗盤端到桌上，原本只是想伸展一下有如千斤重的身體，因而倒在沙發上，結果不小心好像又睡著了。

而且還不是一下或兩下，時鐘的短針已經走了九十度——驚醒！雖說我不比今日子小姐，過程中一直不小心睡著，但區區三個小時的睡眠是絕對無法消除熬了四個晚上的疲累，然而此刻我的心中只有著急。

萬一今日子小姐在我睡著的時候也睡著了，那麼這段時間的努力就泡湯了。不只是今日子小姐的努力，還有我，我一直忍受著被心儀女性那麼殘忍對待的努力也同時付諸流水了。這教我怎麼可能不著急——然而，今日子小姐並未趴在餐桌的另一頭睡覺。

我鬆了一口氣——沒多久，更強烈的著急在我心頭翻滾。先不管有沒有傳出睡著的鼻息聲，問題是今日子小姐根本沒坐在餐桌的另一頭。

咦？跑去哪裡了？我的記憶一時半刻接不起來——難道出去了嗎？不對，餐桌上的食物都還沒動過——也不像在看書。

我站起來——當然，光靠這些訊息就想做出結論可能太草率了，畢竟是在我睡著的時候發生的事，什麼都可能發生——在這樣的狀況下，我唯一能想到的，就是最糟糕的可能性。

我走出會客室，走向位於公館三樓的浴室。今日子小姐說要去洗澡，過了三個小時還不回來的浴室。

「我進去囉！」

我沒敲門就把門推開。萬一是我誤會了，那這個舉動可能會引發悲劇，但是話說回來，正常人哪有可能在浴室裡待上三個小時。萬一今日子小姐還在裡面，那麼悲劇早就已經發生了，肯定不是三言兩語就能帶過的情況。然而不祥的預感果然成真了——今日子小姐倒在地上。一絲不掛的，倒在磁磚的地上。全身被蓮蓬頭噴出的冷水從頭淋到腳。可能是覺得冷水有助於清醒吧，所以她洗的不是熱水，而是冷水澡——肌膚已經變得慘白，甚至發青了。

可是今日子小姐卻毫無反應。

只是深深地——沉睡著。

「今日子小姐！」

我發出悲痛的吶喊——用我最大的音量，呼喚著偵探。但她毫無反應。

（不好意思喔，今日子小姐——忘卻）

第五話

來生再見了，今日子小姐

1

人類可以持續沖三小時的冷水還沒事嗎？光是躺在水窪裡，一不小心可能會淹死——看到倒在浴室裡的今日子小姐，我率先採取的行動就是衝上前去，栓緊蓮蓬頭。

栓緊蓮蓬頭的同時，背部也瞬間遭到冷水的沖刷，光是那一瞬間，身體就冷得快要結冰了——今日子小姐居然沖了三個小時這種溫度的水？

「今日子小姐！振作一點！」

我再次呼喚她，但依舊沒有反應——溼淋淋的頭髮，看起來更接近銀色，而非白色。絲毫感覺不到生命力。不會吧？我戰戰兢兢地將手放到今日子小姐的頸部——還好，還有脈膊。

側耳傾聽，還能聽到安睡的鼻息聲。看樣子只是單純的筋疲力盡睡著而已。果然四個晚上不睡覺還是超出今日子小姐的極限了——她呈現熟睡狀態。

我鬆了一口氣——不過，沒有任何醫學常識的我無從得知指尖感受到的脈膊是跳得太快？太慢？還是心律不整——只知道不能隨便移動她，但相反的，也不能繼續讓她躺在這裡。

得將她的身體擦乾，讓體溫恢復正常。

「啊……」

慢了好幾拍，我終於後知後覺地反應過來，今日子小姐如今可是一絲不掛，光溜溜的裸體——我連忙將目光從她那令人目眩神迷的胴體上移開。洗澡的時候當然要脫光，但是萬一今日子小姐在這種情況下醒來，肯定會引發一場大騷動。原本就已經是跳到黃河都洗不清的狀況，萬一今日子小姐突然醒來……萬一已經失去「昨天」，不，是這四天份的記憶全都喪失殆盡的今日子小姐突然醒來。

看在今日子小姐的眼中，可是突然光著身子在浴室裡和不認識的男人（巨人）孤男寡女共處一室——這可不是鬧著玩的，換成膽子小一點的女生，可能會心臟病發、休克而死。

既然如此，與其現在硬想辦法讓今日子小姐恢復意識，還不如就讓她繼續睡著，先把她照顧好再說——話雖如此，她在四個晚上沒睡覺，體力透支的情況下昏倒，應該也沒那麼容易醒來。

更何況，打從她睡著的那一刻起，就算只有一瞬間，在這之前看的書——在這之前調查到的事全都白費了，這點已是無從改變的事實，一切已經無法挽回。

既然如此，乾脆讓她好好地睡一覺吧——老實說，我再也不想看到那個渾身是刺，講話尖酸刻薄的今日子小姐了。

說到底，企圖在不睡覺的情況下一口氣看完一百本書，原本就太有勇無謀。雖然今日子小姐看書速度很快，還是太高估自己了。先不管接下來該怎麼辦，總之現在是休息時刻。

不過，也不能讓今日子小姐一直處於裸體的狀態，於是我走到浴室外面，尋找浴巾和替換的衣服。浴巾倒是一下子就找到了，但是遍尋不著替換的衣服。這麼說來，今日子小姐要去洗澡的時候，的確是兩手空空的。該不會當時已經睏到忘記要拿衣服了吧……雖說不像是今日子小姐會犯的錯，但顯然是真的已經撐不住了。

既然如此，這裡應該會有脫下來、已經穿了一整天的衣服和內衣才對……

定睛一看，那些衣服正在設置於浴室旁邊的滾筒式洗衣機裡轉啊轉的。

啊，原來是這麼回事……

就算今日子小姐剛才沒有洗澡洗到一半睡著，洗完也會面臨沒衣服穿的窘境。總之我先用大浴巾把今日子小姐的身體包覆起來。得把她被冷水淋得溼透的身體擦乾才行，這樣無論如何都得碰到今日子小姐的身體……總覺得有趁人之危的罪惡感，但現在可不是上演這種內心小劇場的時候。最重要的是今日子小姐的身體狀況。

沒錯，我怎麼想根本一點也不重要——現在可不是討論有沒有資格當今日子小姐的助手這種裝腔作勢的事情的時候。

得先幫助今日子小姐才行。

我也想過是否要放一缸熱水，讓今日子小姐的身體暖和起來，但聽說泡澡也需要耗費體力——所以還是讓她躺在床上好好睡一覺吧。

只有一條浴巾似乎不足以擦乾她溼透的身體，因此我又拿了一條毛巾將她的頭髮包起來。雖然我沒有任何醫學常識，但以前也曾經從事過與護理有關的職業，不過很快就被開除了，時間雖短，這時候還是能發揮一點小小作用——我也認為自己是個無可救藥，注定要在職場上流浪的傢伙，沒想到在職場上流浪的經驗居然在此刻派上用場，這算是好人有好報嗎？

「嗯……？」

用浴巾把今日子小姐擦乾的時候，雖然盡可能不去看她的身體，但也不可能完全沒看到……不過我已經漸漸冷靜下來，總算知道要把澆淋到冷水的外套脫下來。就在這個時候，我發現了。

今日子小姐一絲不掛的裸體上，到處有用油性簽字筆留下的字跡——真不愧是油性筆，寫完都過了五天還健在，就連沖了三個小時的水，似乎也未能把字跡沖掉。

寫在右手臂上是我的誓約書、左手臂是這次工作的內容、還有寫在肚子上的「腹案」，腹案正上方是以前曾經看過的那段文字「我是掟上今日子，二十五歲。置手紙偵探事務所所長。白髮。眼鏡。每天的記憶都會重置」。

我已經知道今日子小姐會像這樣把字寫在身體上，但奇怪的是寫在她左腳大腿上的那行字。

《玉米梗》預定出版的日期是？

……？

與寫在其他地方的文字比對一下，的確是今日子小姐的筆跡，卻是語焉不詳的字句……今日子小姐是什麼時候把這行字寫在大腿上的？《玉米梗》是今日子小姐為須永老師遺稿取的書名，而且應該是我問了，她才當場想出來的書名，所以今日子小姐想必是在那之後才寫在自己的左腿上。

我想起她要求我捏她臉頰的事。當時我也已經睏得不得了，無法好好思考，不過為了不干擾她看書，的確不敢亂捏她的手，但是在捏臉頰以前，捏腿不也是一個辦法嗎？

事實上，這個辦法一下子就被今日子小姐一口拒絕了，還是要求我捏她的臉頰——難不成是為了以備不時之需，先將自己腿上的空間空下來？

換句話說，那行字「《玉米梗》預定發行日期是？」應該是原則上不會在調查中做紀錄的今日子小姐寫的指向解答的提示？意識到已經睏到快不行了，基於事務所恪遵保密義務的信條，就算不能直接寫下來，也要由今天的自己留言明天的自己……

如果真是如此，那真是太慘烈了……

絕不是我誇大其詞，在一直不睡覺，幾乎都要危及生命的情況下，人都快要失去常性了，卻始終不曾失去身為偵探的自覺，堅持要解決問題到最後一刻……

雖然沒看完須永老師的一百本作品，但或許途中她已經察覺到了什麼。說來，今日子小姐去淋浴前似乎說過「已經有假設了」之類的話（只是聽來像「西西油假設了」）——雖是近乎夢遊狀態，但我確實聽到了。

但是預定發行日期……？遺稿預定發行日期有什麼特別的意義嗎？完全

搞不懂——基於職業道德，今日子小姐會刻意寫成只有自己了解的意思，所以看不懂也是正常的吧……

預定發行日期……只要問紺藤先生不就知道了嗎？不對，現在不是想這些的時候，得先把今日子小姐抬出浴室。沖了三個小時的水也沒事的油性筆字跡，現在用力擦也還不致於會消失吧。我將今日子小姐的身體上上下下大致擦了一遍。

光用毛巾當然無法將頭髮擦乾，但至少已經從銀髮變回白髮了——隨即將今日子小姐的身體抱起來。父母把我生成一個龐然大物，看起來超級顯眼又駭人，半點好處也沒有，但我現在對父母只有感恩。甚至覺得自己的身體之所以長這麼高大，就是為了能在這種時候幫助重要的人。

話說回來，今日子小姐的身體輕到即使不是高頭大馬的人也能輕易抱起。她弱不禁風地在我的臂彎裡沉睡著，看起來一點也不像解決過無數難解案件的名偵探。我第一次深刻地體認到，過去的我一直全心全意地依賴著這麼嬌小的人。

「……」

接下來要思考的問題還有很多很多——這些暫時都先擺到一邊，我將今日子小姐抱出浴室——唔？她告訴過我寢室的位置……對了，是在會客室的裡面……

我抱著還處於深層睡眠中的今日子小姐，走向那個房間——當我轉動門把，把門打開，走進室內以後，才想起她警告過我「絕對不可以進來」。

但就算想起她的警告，在這種緊急情況下，我想我也不可能乖乖聽話……而且雖然輪不到我多嘴，但走進來一看，今日子小姐的寢室只是一間非常普通的臥房。

既沒有亂到不能見人的地步，也沒有不能見人的奇怪收藏——就只是整理得很乾淨的房間而已。

反而該說有點失望……加大的雙人床、鑲嵌在牆壁裡的大型液晶電視、可以聽黑膠唱片的音響設備、最新型的桌上型電腦、年代久遠的衣櫃及長毛地毯……等等等等，仔細一看，家具類和裝飾品一應俱全，也不若會客室那麼殺風景。從另一角度來看，其實不能算普通，而是低調奢華，充分感受得到這是很有品味的房間。既然如此，我反而不明白她為什麼會那麼強硬地說「絕對不可以進來」。

相反地，我如果看到這麼漂亮的房間，對今日子小姐幾乎已經跌到谷底的好感應該會大幅提升才對——還是因為不論是井然有序還是亂七八糟，今日子小姐的性格就是不喜歡別人進自己的房間呢？女人本來就不喜歡讓不熟的男人隨便進自己的房間，問題是有必要特地警告我這麼理所當然的事嗎？

難道是因為太睏了，連不需強調的話都講出來了嗎？總而言之，只要房間保持乾淨，應該不會有什麼問題。我把今日子小姐嬌小的身軀放在床上，解開她身上的毛巾，再度擦拭她的身體——以免有哪裡沒擦乾的。

就我所見，今日子小姐躺在大羽毛枕上的表情比剛才在浴室裡發現她的時候平靜多了。臉色也紅潤了許多，看起來只是安祥地睡著了——安祥地睡著聽起來有點像在形容死者，如今就是字面上的意思，她只是安祥地睡著了。睡得又香又甜。

這畫面令我如釋重負，也總算放心了……感覺自己又能呼吸了。剛才一時之間還真不曉得該怎麼辦，如今可以說是雨過天晴了吧。

等一下，真的雨過天晴了嗎？

今日子小姐的命是撿回來了，但今日子小姐的記憶依舊岌岌可危——重新體認到這個事實，我的心裡只有絕望。堅持到現在，熬了四個晚上閱讀須永老師的作品，這下子全部忘得一乾二淨了。

五天來的努力盡數化為烏有的事實，就連只是在旁邊看的我，也充滿了無力感。連我都不想用回到起點這四個字來為這件事畫下句點，更何況身為當事人的今日子小姐——不，今日子小姐也感受不到這種無力感吧？因為就連這五天日以繼夜苦讀的辛勞，都被她忘得一乾二淨了。

……想到這裡，覺得這個人真是太脆弱了。

踩在不穩定、不確定的海市蜃樓上的偵探……

最快的偵探。忘卻偵探。

實際上又非常有能力、有行動力、頭腦非常好——然而，就算其他平庸的偵探，不，不是偵探也沒關係，只要多花點時間，任何人都能看完一百本書。重點在於能不能從中找出解決案件的結論，如果只是閱讀的話，連我也辦得到。即使五天看不完，花兩個月總看得完吧。只是，這對今日子小姐來說是不可能的。

今日子小姐只有今天。

正因為如此，今日子小姐才會成為一個偵探吧！畢竟對她來說，能發揮這項特長的工作本來就不多。問她為什麼要當偵探——這個問題本身就很蠢。還需要什麼理由呢？如果不當偵探，掟上今日子根本活不下去啊！

就算她不夠堅強，就算她不夠溫柔。

今日子小姐就只能是個偵探。

當被捲進莫名其妙的案件、蒙受不白之冤時，我每次都會向今日子小姐求救——每次都只想到自己的事，從來沒關心過今日子小姐的處境。

「……」

說好不能看的，但，糟了，曾幾何時，我直勾勾地盯著躺在床上，一絲不掛的今日子小姐——還不能休息，既然把身體擦乾了，就得趕緊為她穿上衣服。

衣櫃裡應該會有內衣和睡衣吧。那麼接下來只要讓她好好睡一覺，再自然醒來就行了。我可以利用這段時間，為今日子小姐做一頓正常的飯。打工內容也包含煮飯的我，終於可以大顯身手了。再然後……

「……」

再然後……然後今日子小姐又要開始工作了吧——看到寫在左手臂的訊息，想起委託的內容，不對，是意識到委託的內容，對不小心睡著的自己感到羞恥，又從第一本開始重新閱讀須永老師的全套著作——看到腹案和左手臂，重新拜託我監督她——然後我又得經歷一遍劍拔弩張、痛苦萬分的過程嗎？她又要尖酸刻薄地數落我，痛苦萬分地看書嗎？

又要痛苦萬分地閱讀心儀作家的書嗎？

不，嚴格來說不見得要從頭開始——「昨天的今日子小姐」在最後一刻留下了垂死前的訊息。但就算有那個訊息，也只不過是假設，為了驗證那個假設，還是得經歷過閱讀一百本書的過程吧。

今日子小姐雖然想要看完一百本書，卻看到第八十本的時候就筋疲力盡，然後昏倒、忘卻——如此周而復始。而且就算記憶消失了，也不見得體力就會跟著恢復，所以下次說不定只能看完十本或二十本書。

一個徒勞無功的輪迴。

所以，今日子小姐最好放棄這個委託。可是已經答應委託人的事，不可能這麼輕易放棄。即便在那種超越極限的狀態，今日子小姐還是不肯放棄閱讀，直到失去意識以前都還堅持解謎。更何況她連這個痛苦的過程都會忘記，任憑我說破了嘴——等一下喔。

等一下喔。

我的視線再次落在今日子小姐身上。不是為了看她的裸體，而是她寫遍在全身上下的文字。

對了。

沒錯。

有一個辦法。

即使是無力如我——也能為今日子小姐做到的事。

2

既然要做，就得做得徹底——即使對手是不世出的名偵探，而且以極短距離的勝負來說，放眼全世界可以說是數一數二的高手，擁有令人讚嘆的才能。要是膽敢在她面前玩什麼花樣，像我這種笨蛋，只怕會被她以迅雷不及掩耳的速度看穿。

如果想騙名偵探……

就得徹底地——變成犯人。

……荒謬的是，包括今日子小姐在內，我被那麼多名偵探救過，為我洗刷過無數次的冤屈，這次終於要正面挑戰名偵探了嗎？

但也只能硬著頭皮做下去了。

誰教我想不到其他的方法。

如果是聰明、腦筋動得快的人，或許可以為今日子小姐想出更好的方法，但我可不是那種人。我這個人既笨又蠢，又膽小怕事——但還是想為今日子小姐做些什麼。眼下已經等不及那些聰明、腦筋動得快的人來為今日子小姐做些什麼了。

我躡手躡腳地走出今日子小姐的寢室，走向廚房。當然不是為今日子小姐做早餐，好讓她起床的時候有東西吃這麼有閒情逸致的事。我已經放棄了。進廚房只是為了拿需要的工具。

那就是放在流理台對面的廚房用清潔劑。順便再把放在旁邊的廚房用紙巾、滾筒也一起帶走。

其實或許有更好、更簡單的方法，但我不是博學多聞的人，所以這是我所能想到最省事的方法了——為了把寫在皮膚上的油性簽字筆字跡擦掉。

不留痕跡，擦得清潔溜溜。

……以前寫字的時候，手指不小心沾到墨水，光靠水洗和普通肥皂是洗不掉的。但只要用這種廚房用清潔劑，就能迅速地將墨水洗掉……應該是。

回到寢室的時候，當然也沒有敲門就進去了——我已經要當個犯人了，要是禮貌敲門的聲音將今日子小姐吵醒，不是本末倒置嗎？說睡美人是太誇張，但或許是真的太累了，今日子小姐完全沒有醒來的跡象。我也真是個單純的男人，看到她那安祥的睡相，才幾個小時前對今日子小姐的排斥、幻滅也丟到九霄雲外去了。只要是為了這個人，我一定會竭盡所能的。

但現在也不是被她的睡相迷得神魂顛倒的時候，我的手腳得快一點，再拖拖拉拉下去，萬一她此時此刻醒來，可是比在浴室裡醒來更悲慘的慘劇。

我坐在床沿，先抓起今日子小姐的右手——若以正確的順序來說，或許應該先處理她的左手，而非右手。但是作為今日子小姐的助手，我接下來要做的行為是不折不扣的背叛，既然如此，我必須先擦掉親筆寫下的誓約書——因為我已經不是今日子小姐的助手了。

我把廚房用清潔劑擠在紙巾上，用被清潔劑沾溼的紙擦拭今日子小姐的右手——清潔劑的味道比想像的還要刺鼻，在廚房的時候明明不會意識到這股味道……今日子小姐應該不會被這股味道薰得醒過來吧？為了不留下證據，最後可能得再用毛巾沾水擦過一遍。

一想到接下來不曉得還要擦拭幾次今日子小姐的身體，就覺得遙遙無期，令人膩煩，完全犯罪就是這麼回事嗎？沒想到會在這種情況下以這麼奇妙的方式體會到以前不論是有心還是無意栽贓嫁禍於我的犯人們有多麼辛苦了。

幸好我的常識似乎沒錯，寫在今日子小姐右手臂上的誓約書已經擦拭得乾乾淨淨——彷彿我起的誓約原本就是那麼輕薄靠不住。事實上，這麼說也沒錯——這種華生背叛福爾摩斯的冒險故事，我連聽都沒聽過。

當右手的誓約書變成一張廢紙，我原本還有些舉棋不定的決心終於定下來了——自己已經踏上一條無法回頭的不歸路。我想起今日子小姐在更級研究所對為了掩飾自己犯行而奪走她記憶的犯人顯露出的憤怒——這次恐怕不是那種等級的憤怒就能了事。

既然要做，就得做得天衣無縫——接著我又擦起她肚子上的那兩行字。我有點猶豫，不曉要該不該擦掉從「我是掟上今日子」開始的那行字，但是我在更級研究所看到這行字的時候，寫的位置明顯和現在不一樣，由此可見，她在家裡、就寢之前，並非一直寫在身上吧。

仔細想想，她隨身帶著名片，也算是認識的人就認識的有名人，萬一在什麼資訊都沒有的情況下突然在街上睡著的話，只要有足夠的時間，應該還是能知道自己是誰，回到這個住家兼事務所的地方。

這只是「最快」知道自己是誰的手段。

為了強調「現在不是在工作」，這行字和其他訊息一樣，必須擦掉才行。

儘管如此，要擦掉「我是掟上今日子」的文字，總覺得好像消除了她存在的證據，讓人充滿了罪惡感。同樣地，要擦掉今日子小姐親筆寫下的「想睡的時候就請隱館厄介先生（巨人）叫醒我」，等於是親手毀掉她對我的信任，心裡發出陣陣哀號。

我好想搖醒今日子小姐，告訴她，你信賴的男人現在正準備要背叛你啊——然而卑劣如我，是不會採取這麼誠實的行動的。

用廚房用紙巾擦身體跟用毛巾擦的時候不同，觸感清清楚楚地傳了過來——今日子小姐的腹部幾乎沒有贅肉，彷彿直接摸得到腹肌，但是再看看她的手腳，與其說今日子小姐刻意維持這種模特兒般的身材，倒不如說是這幾天太操勞變瘦了。

如果要擦掉肚子上的字，可能會讓她的肚子覺得癢癢的，所以動作不夠小心謹慎，可能會吵醒今日子小姐，幸好她只是翻了幾個身而已——就跟洗碗盤一樣，與其用蠻力刷洗，輕輕地擦還比較容易擦得乾淨。沒想到竟然能在這裡活用到以前在廚房工作的經驗。

將肚子上的字完全擦乾淨，從頭到尾還沒休息過的我，又繞到床的另一邊，把寫在左手臂上的字也擦掉。

「與須永昼兵衛有關的工作。重要。明天早上九點開始」——這個來自過去的留言是我最想她忘掉的事。

今日子小姐不曾接過這個委託。

不曾參與這項工作。

不曾為此飽受挫折，也不曾為此筋疲力盡——因此，不用再勉強自己工作了。不用再看書，也不用再熬夜了——可以把一切忘掉。

明天的今日子小姐。

將神清氣爽地醒來。

……五天來的勞動所造成的疲勞不是那麼容易消失的，但如今也只能祈禱她想成是「昨天解決的事是什麼天大的難題嗎？」——和擦掉肚子上的文字相比，清潔手臂上的字顯然比較容易掌握力道，再加上已經習慣了，沒花多少時間就擦掉了。

但還是花了我一個小時。如果是電子檔，只要按一下刪除鍵就能消除了，這方面還是類比呈現方式比較強。用掉的廚房用紙巾比想像中還要多——這也會成為呈堂證供，得帶走才行。要再拿一卷新的嗎？清潔劑是不是也事先補充一下比較好？

啊！好險。

怎麼可以忘記呢……今日子小姐的左腳也還寫著字。因為眼光一直避開她的下半身，所以差點看漏了。

「《玉米梗》預定出版日期是？」

這句話語焉不詳，但想必掌握著這整件事的關鍵吧……就這點來說，要擦掉這句話才真的是罪孽深重。一旦擦掉這句話，今日子小姐這四個晚上的不眠不休等於是完全白費了。事到如今還有什麼好說的？都到了這步田地，只留下這個訊息，才真的是語焉不詳吧！既然如此就一不做二不休——留下這句話，只會讓今日子小姐更加混亂。

徹底地，徹底地——徹徹底底地。

不管須永老師是多偉大的作家，不管這和今日子小姐立志成為名偵探有什麼淵源，此刻都已經無關緊要了——不管須永老師的死是自殺還是其他原因，都與現在的我毫無瓜葛。

無論會遭受什麼懲罰，都在所不惜。

話雖如此，但眼下的我已經受到懲罰了——做出這樣的事，我這輩子都無法再面對今日子小姐了。接下來無論蒙受什麼樣的不白之冤、承受何種懷疑的眼光，我都不能再求助於今日子小姐了。我這個叛徒，已經永遠失去向今日子小姐求助的資格了。

沒關係，偵探什麼的要多少有多少——今日子小姐只有一個。

再見了，今日子小姐。

我擦去左腳的訊息。

這麼一來，今日子小姐的身上再也沒有任何筆跡，反而我心裡的種種情感，彷彿已被麥克筆塗得不見原形。

3

然而，事情還沒結束——接下來才是完全犯罪的重頭戲。因為犯罪行為差不多結束後，接下來就要進行毀滅證據的作業。

照這樣來說，首先該做的第一件事，就是幫今日子小姐穿上衣服——總不能讓她一直赤身裸體吧。

打開衣櫃，尋找可以穿的衣服。內衣和睡衣倒是立刻就找到了。今日子小姐果然有很多衣服，而且種類琳瑯滿目，令我一下子不知如何是好。一開始為了盡量不讓她起疑，我還想過是否要為她搭配出一套最自然的裝束，但那樣簡直是把今日子小姐當成紙娃娃來玩，只會讓我做的事更增添幾許不必要的犯罪性，於是就決定隨便搭配了。反正今日子小姐的品味我也模仿不來，在我眼中每件衣服都差不多。睡衣的上下搭配姑且不論，但聽說內衣的上下不是一整套的比較自然，所以我便照著做了。這麼說來，我還聽說有的女人在睡覺的時候不穿胸罩，有的女人會穿著睡覺，由於抽屜裡有很多睡覺穿的胸罩，我判斷今日子小姐應該是後者。

我也想過是不是矇著眼睛為她穿衣服比較紳士，但是都到了這個節骨眼還刻意這麼做，只有偽善二字足以形容——話說回來，我在從事看護工作的時候並沒有幫女性穿過衣服，所以也不可能在矇著眼睛的情況下扣上胸罩。

穿內衣的大工程結束以後，穿睡衣就比較簡單了——大概是因為女生釦子是右前左後，和男生相反，結果從我這邊釦子反而更好扣也有關係吧！

終於幫她把衣服穿好，今日子小姐的頭髮也乾得差不多了，反而是我滿頭大汗，真想就這樣直接倒下去睡覺算了——雖然不比今日子小姐，我在過程中打過無數次瞌睡，但畢竟也四個晚上沒睡覺了，不可能只靠剛才區區三個小時的睡眠就消除疲勞。

就連現在，我也幾乎沒力氣了——但也不能就這樣倒下去睡覺。接下來的五年，三十歲以前都躲在家裡不出門也沒關係，總之現在要給我撐下去，隱館厄介。

我絕對沒有放鬆，只是穿好衣服這件事，的確像是翻過了一個山頭——即使今日子小姐此刻醒來，計畫功虧一簣，也不怕會發生最恐怖的誤會了。我可不想演出被今日子小姐誤會，還得叫其他偵探來幫我清刷冤屈的低俗喜劇……我把用來擦拭今日子小姐身體的毛巾和廚房用紙巾拿出她的房間。將毛巾放進浴室外的洗衣籃，再把廚房用紙巾帶走——這麼一來，寢室就搞定了。

接下來要消除廚房和會客室的痕跡。

先清潔做菜的痕跡。雖然無法補充冰箱裡減少的食材，還是得把五天來使用的兩人份餐具洗乾淨。這才是廚房用清潔劑本來的用途——會客室桌上的菜餚呢？盤子上的失敗作品呢？……又不能倒進垃圾桶裡，只好由我把兩人份全部吃光。真是難吃到極點的全餐，但這也是我自作自受。

除此之外，還得把我這個第三者……不，是這裡曾經有個偵探助手的痕跡清除乾淨才行。

這棟樓的保全系統可以說是連一隻蒼蠅都飛不進來，進來固然難如登天，但要出去倒是不難——反過來說，忘了東西，就不能再回來拿，所以得做好萬全的準備。

除了沾得到處都是的指紋（玻璃桌啊杯子等等）之外，應該沒什麼需要特別注意的了——其實也不應該特別注意。我主要都待在會客室裡，既然如此，沒有今日子小姐以外的人的指紋反而不自然。

還有一樣絕對不可以留下的東西，那就是須永昼兵衛的九十九本著作——要是把那些書留在這裡，其他湮滅證據的工作都白做了。今日子小姐那麼聰明，光是從留下的書和須永老師的訃聞報導兩相對照，就能順藤摸瓜地查出自己正在做的事……絕對不能小看她在這方面的推理能力和身為偵探的直覺。

裝進紙箱之後一共有兩箱……倒也不是不能一次拿出去的量……這時在搬家公司上班的經驗派上用場了嗎？算了，什麼經驗都好，能派上用場就好。

啊，還有須永老師的遺稿……千萬不能忘了未發表的原稿。真是的，雖然是價值連城的原稿，但都是因為那份原稿，才會陷入這種進退兩難的地步，真該敬而遠之的。若問我此時此刻的心情——真心但不夠尊重的心情，可不是只有敬而遠之的情緒；還有可以為今日子小姐把所有能做的都做了的充實感，以及我這種人居然也能和那位名偵探掟上今日子小姐鬥勇鬥志，若說完全不興奮可是騙人的。像我這種小配角，居然也有露臉的機會。不，這只是因為人的體力到了極限，亢奮過頭了吧！先冷靜下來再說。

冷靜下來之後，會客室的木紋地板映入眼簾，過於神經質也不好，但是掉在會客室的毛髮還是撿乾淨比較好吧？畢竟我也在這裡待了五天。一般而言，毛髮是不用太在意，問題是今日子小姐滿頭白髮，要是掉在地上的黑頭髮太多，還是很不自然吧！那該怎辦才好？一根一根撿太浪費時間了，但又不能用吸塵器，吸塵器巨大的噪音肯定會把今日子小姐吵醒。

但，這時在清潔公司打雜的時候聽來的方法，為我度過難關——將膠帶纏在手指上，趴在地上貼著就能回收。和指紋相同，會客室裡完全沒有其他人的痕跡反而不自然，另一方面，又想到因為這裡是會客室，可能會保持得很乾淨，索性便徹底地把每個角落弄乾淨。

想當然耳，這種方法在黏回我的頭髮同時，也把今日子小姐的白髮都回收了。同樣的我必須和用過的膠帶一起帶走，但這種行為著實有幾分跟蹤狂的味道，害我陷入了討厭自己的情緒裡……我發誓包括廚房用紙巾在內，會全部在回家的路上扔進公共垃圾桶，這才結束了廚房和會客室的滅證作業。

最後我把毛巾拿進浴室——結果大驚失色。看到丟在浴室裡溼淋淋的外套令我臉色大變。我完全忘了在搭救今日子小姐的時候，蓮蓬頭的冷水兜頭淋下，在這裡脫下外套的事。千鈞一髮，要是留下這麼明顯的痕跡，還算什麼完全犯罪……莫里亞蒂教授會哭的。

因為只是扔在地板上，所以外套還沒全乾，但也不是不能穿……一想到我現在穿上溼衣服就能免去徒生的事端，一切都能忍耐。

慎重起見，我將浴室也檢查一遍，似乎沒有什麼需要特別收拾的地方……溼答答的外套穿在身上的感覺很不舒服，最後真想先沖個澡再回家，但是沒道理刻意做出這種會留下自己痕跡的蠢事。

接下來……

該做的事都已經完成了，身為一個犯罪者，接下來應該趁早離開掟上公館，不過在那之前，我想再和今日子小姐道一次別。心裡當然有些感傷的情緒，可實際上，要是不先確定一下今日子小姐醒來了沒有，總覺得心裡不太踏實。

躡手躡腳地溜進寢室裡一看，幸好還沒醒來，我忍不住感謝幸運女神對我的眷顧——話說回來，與其說是幸運女神眷顧我，不如說是眷顧今日子小姐才是真的。

今日子小姐翻了個身，抱著一個大抱枕熟睡著——她的睡相實在不太好看，不過那也表示她睡得很熟，沒有什麼好批評的（話說回來，我本來就沒資格對今日子小姐的睡相說三道四的）。我之所以覺得還好折回來，是因為室溫。

寢室的溫度在這個季節算是低的，但是今日子小姐直到剛才都還在沖冷水，體溫應該非常低了——被子蓋了等於沒蓋的睡相，換做平常可能會讓人莞爾一笑，但是在保溫上卻讓人笑不出來。

設備這麼完善的建築物，寢室裡不可能沒裝空調……我望了一下門口附近，果不其然，空調的遙控器就掛在開關旁的牆壁上。

她平常睡覺的時候會開著空調一整晚嗎？只要事先用定時功能設定一個小時以後自動關機，就算睡到一半醒來，應該也沒什麼好奇怪的。而且這種空調啟動時不會發出聲響，所以不用擔心會吵醒今日子小姐。我又發揮在家電量販店工作時的知識，開啟暖氣功能，將溫度設定為二十六度。

這麼說來，我還不曉得空調主機的位置在哪。萬一風口直接對著今日子小姐，反而會害她睡不好，所以得先調整一下風向……咦？沒看到主機？不對，這種機型該不會是嵌在天花板裡的那種吧——於是我往上看。

冷不防……愣了一下。

天花板。

對了，自從我踏進這個房間裡，還不曾抬頭看過天花板——那裡的確裝有最新型的空調，而且是裝在無論從哪一個出風口，都不會吹到睡在床上的今日子小姐的位置——想也知道，空調不可能設置在風會吹到眠床的位置上。

所以我根本不該抬頭看天花板，因為，在天花板上並非只有空調。

我明白了。

今日子小姐之所以要我「絕對不可以進來」這個房間的真正用意——天花板上用黑色的油漆寫著一行大字。

從今天開始你就是掟上今日子。

請以偵探的身分活下去。

那麼潦草的筆跡——怎麼看都不是今日子小姐的字。

4

當我把現場的犯罪痕跡全部清除，離開掟上公館的時候，末班車已經開走了，而我也沒有閒錢可坐計程車（想來是領不到當助手的薪水了），只好抱著兩大箱的書，用走的回去——或許這才是最吃力的工程。

走了好幾個小時，終於回到自己住的地方，總算是能像一攤爛泥似地睡著了。但事情還沒有完全結束。即使已經把現場的犯罪痕跡全部清除，為了達成完全犯罪，我還得跟某個人串供才行。

不用說也知道，是直接委託今日子小姐這件事的人——紺藤先生。第二天，我一覺醒來已經過了中午，馬上打紺藤先生的行動電話，約好見面的時間——今天有一堆會要開，如果你不介意利用空檔的時間，就直接到作創社來吧——如此這般，我和他約好時間，準備出門。

今日子小姐現在肯定也已經醒來了吧——不知道一覺醒來的今日子小姐在想些什麼呢？我那湮滅證據的手法真能瞞得過名偵探的法眼嗎？

……如今一切都已經結束了，多想無益。既不可能反省失敗，也不可能從頭來過。既然如此，只能盡我所能了——我抱著裝滿須永老師著作的紙箱，轉了好幾趟公車，前往作創社。

那一天是我第一次自己摁了下車鈴。

「……真令人難以置信。」

在作創社的員工餐廳裡，紺藤先生聽完我的敍述，說了這句話。

我充滿歉意地說：「嗯，我也覺得對紺藤先生很不好意思，是我自作主張，只不過……」

「別誤會，我不是這個意思，我不敢相信的是你的『犯案手法』，未免也太俐落了。」紺藤先生微笑地打斷我的解釋。「我經常覺得很不可思議，為什麼像厄介這麼好的男人會經常受到大家的懷疑呢？但說不定其實是我錯了。你或許有不遜於名偵探，成為犯罪者的天分喔！」

「別、別開這種玩笑了，紺藤先生。現在回想起來，昨晚的事真是嚇死我了。我自己也不知道怎麼會做出那麼大膽的事。」

話說回來，我並沒有將自己的「犯案手法」一五一十地全部告訴紺藤先生。因為說得太詳細，可能會牽扯紺藤先生也變成共犯——當然除了這個實際的理由，我實在說不出口從浴室裡救出全裸的今日子小姐那些事。為了今日子小姐的名節，這件事也應該隱而不宣吧。

所以我只避重就輕地說了照顧四個晚上沒睡覺，體力不支暈到的今日子小姐，以及消除現場留下的工作痕跡——當然也沒提到寢室天花板上的訊息。

「總而言之……紺藤先生，希望你收回這次的委託。這件事實在太為難只有今天的今日子小姐了。如果你堅持的話，我負責介紹其他偵探給你……」

「不，不用做到這個地步，厄介。我收回這次的委託……而且說不定這樣才是最理想的結局。」

「最理想的結局？什麼意思？」

「不瞞你說……在請你和掟上小姐處理這件事的同時，我們這邊也有動靜了。這是須永老師家屬的意思……希望我們直接把須永昼兵衛的死當成自殺來處理。」

「……？」

我不明白這句話的意思——不，或許只是不想明白。紺藤先生繼續解釋給反應遲鈍的我聽。

「也就是說，希望我們以這種方式推出須永老師最後的原稿，而不是只當成最後一部作品發表——定位為『自殺作家的遺稿』，在宣傳及行銷上的確是相當有賣點的文案。」

「……須永老師跟家屬的關係是不是不太好啊？」

我只能擠出這種不痛不癢的反應。

「天曉得呢？我之前也說過了，作家選擇自殺這條路，不見得是不名譽的死法——撇開感情和場面話，以這種方式發表，的確能提升須永老師的名氣喔！」

「可是……」

我啞口無言——今日子小姐說過了。最新的作品同時也是遺作的《玉米梗》就是須永昼兵衛平常的水準——如同之前的作品，是一部在享受閱讀之樂的同時，也讓人開始期待下一部作品的作品，所以須永老師實在不可能將這本書定為絕筆之作。

然而，我卻不能將她的見解說出口——因為今日子小姐已經卸下這個任務——不對，是我硬把這個任務從她肩上扯下來了。無論是須永老師的書迷，還是作為一介偵探，今日子小姐的意見都不能作為事件的參考了。

或許是察覺到我內心的波濤洶湧，紺藤先生接著說：「所以萬一掟上小姐或是其他偵探很能幹地——是很不識相地調查出『不是自殺』的結論，我們可能會變成夾心餅乾，造成困擾——如果是掟上小姐自己退出調查，反而可說是幫了我的忙。」

今日子小姐可不是自己要退出調查的，但從紺藤先生的角度來看，結果是一樣的。更何況，此事雖然是助手策畫的叛變，但是為委託組織的一分子來判斷的話，的確是我的長官——今日子小姐的責任。

「……事關今日子小姐的名譽，請容我再說一次，紺藤先生，這份工作原本就不適合她。請別忘了，這次的委託等於完全無視置手紙偵探事務所的規定，而是算準了今日子小姐是須永老師的書迷這一點……」

「我知道，我知道啦！別這麼生氣嘛！掟上小姐的風評不會因此變差的……要我說的話，我也沒想到掟上小姐居然為了調查，熱心到不惜看完一百本書。」

紺藤先生忙不迭地向我解釋——他說的倒也沒錯。這次可以說是今日子小姐輕忽身體發出的警訊，專注工作到體力不支，才造成這樣的結果。

辦不到的事就說辦不到，這是身為社會人最基本的條件——今日子小姐這次就是少了這個認知。反過來說，可見今日子小姐有多麼崇拜須永老師……

「……紺藤先生，可以請你說得詳細一點嗎？你以前說過今日子小姐之所以立志成為偵探，是因為讀了須永老師的著作。那句話到底是什麼意思？」

「哦……那個啊……的確是我太大嘴巴了，不過事已至此，我也不能繼續保持沉默了……你還記得里井老師那件事的時候，我問過你掟上小姐以前是不是在國外生活過嗎？」

「啊，嗯。你雖然要我忘記，但我還有幾分印象……」

紺藤先生說他在海外分公司工作的時候，曾經見過很像今日子小姐的人。

「我沒跟你提過，那個人是須永老師的忠實讀者——我之所以和她會有交集，也是因為我認識須永老師的緣故。由於牽涉到當時作創社的公司內幕，所以我也不方便告訴已經離職的你太多事……她當時幫了我很多忙，可以說沒有她就沒有現在的我。」

「是喔……」

能被紺藤先生這麼好的男人說到這種地步……如果說沒有她就沒有現在的紺藤先生，那麼間接說來，之所以有現在的我，也是託了那個人的福。那個人和今日子小姐會是同一個人嗎？

「我也不知道。年齡似乎有些對不上，所以我也只是隨口說說而已，也可能我只是在追尋一個往日的回憶——失禮地將那個人套在掟上小姐身上也說不定。由於我想確認這一點，才委託掟上小姐這次的事。」

「這、這樣啊……」

我就奇怪幹嘛非委託今日子小姐不可呢……原來是有這個用意啊！該不會要我約今日子小姐去須永老師的別墅也還有這第二層的用意吧——或者，這才是紺藤先生最大的用意。

「那、那麼你確認到什麼了嗎？」

「沒有，老實說，我反而更迷糊了——那個人的確是須永老師的忠實讀者，所以當掟上小姐願意破例接下這個委託的時候，我還想說八九不離十了。我幾乎快百分之百確定她因為是須永老師的忠實書迷，才立志當偵探的——但是她再怎麼樣都不是那種會把自己逼到昏倒、這麼亂來的人……」

而且，那個人也沒有每天記憶都會重置的特性——紺藤先生做出結論。

聽到這裡，的確是兩個不同的人……但也有可能是在紺藤先生回國以後，今日子小姐的記憶才歸零的，也因此一併失去了與紺藤先生相遇的記憶。

但即使如此，有一件事我可以確定，今日子小姐絕非因為是須永老師的忠實書迷才立志當偵探的——今日子小姐成為偵探的理由是寫在寢室天花板上的那幾個字。

從今天開始你就是掟上今日子。

請以偵探的身分活下去。

……她只是依循每天早上在失去「昨日」記憶的情況下醒來，遵從最先映入眼簾的不曉得是誰寫的「指令」而已——諷刺的是，現在她也只能作為偵探活下去。

「無論如何，還是不要再試探掟上小姐了——太危險了。抱歉啊！厄介。我發誓再也不追究那個人的過去了。」

「啊，嗯……我也覺得這樣比較好。」

「多虧有你，不然我可能已經鑄下無法挽回的大錯了。從今以後也請繼續像這次這樣，好好支持掟上小姐吧！她其實需要一個助手。」

「……紺藤先生。」

不，鑄下無法挽回大錯的人是我。我已經不打算再見今日子小姐了——反正我們原本就不熟，若非受到紺藤先生的煽動，我也不會約她去須永老師的別墅。背叛了今日子小姐的我，今後將不會再委託她辦事，也不會再協助她工作了——正當我想如此回答紺藤先生時，腦海中浮現今日子小姐倒在浴室裡的身影。

倘若任憑冷水繼續沖下去，可能真的會失溫，真的會死掉也說不定——而且今日子小姐就連這次的失敗也會忘記，她是無法「記取教訓」的人。

要是沒有人幫她的話。

……難道我只能束手無策地等人來幫今日子小姐嗎？萬一那個白馬王子遲遲不出現，難道也只能用「真可憐啊」一句話打發嗎？「得有誰來幫她」的說法好像在昭告天下「沒我的事」——我要對今日子小姐做出這種宣告嗎？

只是，我不明白的是，這次我做的事真的能幫上今日子小姐嗎——我的背叛真的是為她著想嗎？

「……對了，紺藤先生，我想請教你一個問題。照正常程序，《玉米梗》

預定什麼時候發行呢？」

我不由得感到無地自容，為了轉移話題，我向他確認這件事。雖然這個答案已經一點都不重要了……

「《玉米梗》？」

「啊！不好意思，我是指須永老師的遺稿。」

「哦……是掟上小姐取的書名嗎？的確是很切題的書名呢！按照預定，應該是明年春天……大概二月左右會發行吧。不過因為須永老師去世了，我想可能會提前一點……這也是家屬們的意思。」

又是「家屬們的意思」嗎……算了，這不是我這個毫無關係的第三者可以多嘴的事。可能還有遺產分配和贈與稅等各式各樣的問題吧。只是，就算對於作家而言，自殺並非不名譽的死法，但明明不是自殺，卻以自殺的方式發表，也有違當事人的本意吧——不管是身為一位作家，還是一個人。

「雖然這麼說有點失禮，老實說，以自殺論，在時機點上也是正好。畢竟他剛結束了幾個系列作品，加上這本《玉米梗》也不是全新系列，而是獨立的小說，亦即沒有留下未完結的小說才死——確實會讓人感覺到有明顯的意圖。」

有一就有二，有二就有三——然後第三次以死決勝負嗎？。

「所以厄介，我看這件事就這麼決定了——站在作創社的立場上，書能大賣總比不賣好。更何況部門不一樣，我也不是直接的負責人，所以沒有插口的餘地。反正原本就是模稜兩可的狀況。除非能夠找到確實的證據，證明須永老師的死因不是自殺。」

「須永老師的死因不是自殺喔！」

就在這個時候。

有人問也不問一聲，就大搖大擺地走來我與紺藤先生面對面坐著的這張桌子併桌，輕輕地拉開椅子，優雅地坐了下來。

是一名個頭嬌小的女性。一名戴著眼鏡——滿頭白髮的女性。

穿著一身俐落的褲裝，把襯衫的釦子扣到最上面那顆。

「初次見面，我是掟上今日子。」

置手紙偵探事務所的所長——掟上今日子。

只見她落落大方地報上名來，手裡端著一杯滿滿的黑咖啡，笑容滿面地大聲宣布。

「那麼，接下來就開始證明。」

5

紺藤先生看著我，被突然出現的今日子小姐嚇了一大跳，言下之意似乎在責問我怎麼跟說的不一樣，孰不知我比誰都驚訝她的突然出現。我幾乎以為這又是紺藤先生幹的好事了——可是從他的反應看來，似乎不是這麼一回事。

只有一個人以落落大方的態度微笑著。今日子小姐說：「不好意思，我先去編輯部一趟，所以來晚了。」然後把夾在腋下的信封袋放在桌上。

「我向小中先生拿了這個，看完之後就這個時間了——讓你們久等了。」

「這是……」

紺藤先生打開信封袋一看，但這動作顯然多此一舉。裡頭肯定是列印出來的須永昼兵衛遺稿《玉米梗》。雖然不是我回收的那份影本，但是從厚度和狀況判斷……

「真是令人驚豔的原稿，就暫時取名為《Home Sweet Corn》吧！」

今日子小姐氣定神閒地說。她這次起的書名和感想都不一樣了。感想可能是考慮到出版社的紺藤先生在場，刻意客氣。但是連書名都變了……因為是「今天的今日子小姐」嗎？

我記得她口中的小中先生是隸屬於文藝部，直接負責須永老師的編輯。對了，可能是從與紺藤先生同時期進公司的小中先生口中得知了一切吧！所謂的編輯部，想必也是指那邊的編輯部吧……來不及堵住他的嘴真是失策。有時間向紺藤先生打探今日子小姐的過去，應該用最快的速度讓紺藤先生去公司裡打點一下才對。

不對，眼下的問題是今日子小姐為什麼會出現在這裡？只要告訴熟知內情的小中先生，自然能拿到影印的原稿，但是總要先經過櫃台，才能進到公司裡……

「因為我是偵探嘛！潛入調查也是我的拿手好戲——只要偽裝成相關人士，輕易就能進來了喔！我其實是要來找紺藤先生的，但你好像因為開會不在，所以我便找上須永老師的責任編輯小中先生。後來他告訴我，紺藤先生已經開完會，人在員工餐廳。」

這些話根本沒有解釋到什麼。以今日子小姐的本事，要突破出版社固若金湯的保全系統又有何難？所以她才穿褲裝嗎？保全對年輕女孩比較沒有戒心，可能沒被刁難就放進來了，但我們想知道的是今日子小姐為什麼會來？

今日子小姐對混亂至極的我嫣然一笑。「請問哪位是紺藤先生？」紺藤先生就像被老師點到名的學生一樣，急忙舉手。那滑稽的舉動一點都不像是溫文爾雅的他會做的事，我反而因此冷靜了下來。

記憶消失了……所以不記得紺藤先生，也不記得我。但今日子小姐卻知道為調查須永先生的死因，自己接受了作創社的委託。不是小中先生告訴她的。因為她如果不知道這件事，根本也不會來作創社。難道是我湮滅證據的工作哪裡出了紕漏嗎？

今日子小姐一覺醒來，從辦公室裡察覺出異樣，然後來到作創社……不，如果只是那樣的話，問題還不算太嚴重。不管到底是我湮滅證據的工作哪裡出了紕漏，總之事情已經變成這樣了，也只能接受這個事實。

問題是……我搞不懂的是今日子小姐為何一副已經掌握須永老師死亡真相的態度——她明明已經筋疲力盡了——唯獨這點是千真萬確的。所以當她再次醒來的時候，記憶——這五天的記憶應該都已經消失了。既然如此，她是怎麼掌握到須永老師死亡的真相？

從她醒來到現在，最多只有半天的時間，怎麼可能看完須永老師全部的作品——那一百本書？不可能。要是辦得到，她早就這麼做了。再怎麼快也看不完十本，是不可能有任何斬獲的。話說回來，我早就已經把須永老師所有的著作都帶出掟上公館，其中有相當多的作品都是很難買到的絕版書。

……虛張聲勢？

說是虛張聲勢可能太過分了，但今日子小姐會不會只是搬出在更級研究所時對付真兇那套，在記憶歸零的狀態下，對我和紺藤先生虛張聲勢呢？

「……你說須永老師的死因不是自殺，當然是有憑有據才這麼說的，對吧？掟上小姐。」

「是的。我從不說無憑無據的話——因為我是偵探。」

今日子小姐笑意盈然、不痛不癢地回答紺藤先生的問題——沒露出半點疲憊的神色，還是平常那個今日子小姐。

「不過那在之前，請先讓我確認一件事——你是隱館先生嗎？」

「欸？啊，嗯，是的……」

我提心吊膽地回答。懷著背叛今日子小姐的罪惡感，令我無法直視她的眼睛。這樣的我看起來想必很可疑吧——如果她現在指著我的鼻子說：「殺死須永老師的犯人就是你！」我可能也會承認。

「這樣啊……沒什麼，我是聽小中先生說的——聽說你幫我工作，真謝謝你。」

小中先生的口風未免也太不緊了。不過責怪他也於事無補——在她專業的偵訊技術詢問下，我既沒有堵住他的嘴，想要瞞天過海是不可能的任務。

「啊……哪、哪裡，雖說是幫你工作，但也沒有幫上什麼忙……」

「就是說啊！反而是從中作梗才對。」

今日子小姐依舊笑容可掬。

……果然還是被她看穿我玩的把戲了。

然而今日子小姐卻反覆地說著「謝謝你」這三個字。

「多虧有隱館先生的從中作梗——真相才能浮上檯面。」

「……欸？這話怎麼說……」

「在、在那之前……」

紺藤先生忍不住插嘴。

「掟上小姐，你是怎麼知道的？那個……我們委託你調查須永老師的死因……」

「呃……這很重要嗎？」

「很重要……因為敝公司是看上你身為忘卻偵探的才能才委託你的。要是你的記憶並不會歸零，而是會一天一天累積的話，那就是廣告不實了。」

這大概就是紺藤先生的修辭技巧了吧！看樣子似乎是看我手腳被看破之後不知所措，所以才替我問的。

「這麼說倒也是……要說明真相就一定得交代這件事。隱館先生。」

今日子小姐把一張紙放在桌上。

「感謝你幫我打掃房間，但是這麼重要的東西忘了拿可不行喔！這可是重要的證據。」

放在桌上的那張紙是紺藤先生製作的須永昼兵衛著作列表。上頭還仔細地連作者的名字「作創社．紺藤文房」都寫上去了。這麼一來，今日子小姐來作創社的理由就昭然若揭了。可是……

「這、這張紙……你是從哪裡……」

「浴室裡的更衣間。是我早上起床，打算沖澡的時候發現的——我不明白為什麼會掉在那種地方，你知道為什麼嗎？」

我反而被將了一軍，細細回想……浴室裡的更衣間？那的確是我最手忙腳亂的地方……是在我脫下溼外套的時候嗎？外套本身最後被我帶走了，會不會是那時候從口袋裡掉出來的呢？如果掉了，我不可能沒看見啊……想是這麼想，但事實上那張紙現在就在今日子小姐的手中。

「我收回剛才講的話。厄介，你實在沒有做壞事的天分。」

紺藤先生苦笑著說——我無話可說，整個人無地自容。

「掟上小姐，請你原諒他——厄介之所以這麼做，都是為了你的身體著想，絕不是要扯你的後腿。」

紺藤先生為我說話——真是個好人。要是他知道我照顧了全裸的今日子小姐，還會這樣為我說話嗎？

「是，我不會怪他的。我好像太逞強了，反而很感謝他。」

今日子小姐也這麼說……光看她的態度，她對我的感謝應該不是虛假的。從她剛才說的話聽起來，她似乎沒想到自己竟會倒在浴室裡……既然如此，為了不讓今日子小姐丟臉，至少這件事一定要隱瞞到底。於是我把話題轉移到案件本身。

「那你說真相浮上檯面又是什麼意思呢？我明明已經把須永老師的著作全都帶走了……」

身為最外圍的局外人，我性急地追問或許有些不自然，但今日子小姐卻說：「根本沒必要看完須永老師所有的作品。老實說，光看到那張清單，事情就幾乎已經解決了……用奧坎簡化論。『昨天的我』大概因為是須永老師的書迷，所以想假借工作的名義，把所有作品都看完吧！」

「可、可是……欸？光靠那張清單？怎、怎麼辦到的……」

我已經看了好幾遍，但那就只是一張須永昼兵衛的著作列表而已……因為是紺藤先生整理的，所以十分詳細，但清單依舊只是清單。我實在不認為光憑一張清單就能查明須永老師死亡的真相。

「這有什麼難的？我在更衣間裡看到這張清單的時候，一秒鐘就意會過來了。」

「一、一秒嗎？」

最快的偵探。

「請看，重點在……這裡。」

今日子小姐指著清單的下半部分——具體而言，是出版日期的欄位。也就是記載著該書是在他寫作生涯第幾年的何月何日發行的欄位——光看到這個欄位，就知道作家須永晝兵衛這四十五年來寫作的歷程——就憑這個？

「還反應不過來嗎？」

「反應不過來。」「反應不過來。」

我和紺藤先生異口同聲地說。今日子小姐就像家庭老師仔細地指導學生一般，開始舉例。我也就算了，但是對紺藤先生也那種態度，已經超出目中無人的範圍了。

「假若某位作家的著作發行的日子全都集中在一月——你不認為這裡蘊藏著作者強大的意志嗎？」

這個例子舉得太過極端，我一下子也沒有概念……不過這也不是不可能。

這樣的確能感受到該作家對一月強烈的執著。其實反過來想，倘若有作家堅持不在四月出書，自然也有作家不在乎這種忌諱吧！

「可是須永老師出書的日子並沒有特別集中在哪一個月啊……非常隨機。再加上他是一位多產的作家，出書月份可說散布在一年十二個月裡……」

「當然，那整張表看下來，是這樣沒錯……可是仔細拆開來看呢？請依照系列作品來看。」

「系列作品……」

須永老師生平所寫的二十二個系列作品……也就是說，每個系列都有特定的發行月份嗎？例如某個系列在偶數月發行、另一個系列在奇數月發行嗎？我和紺藤先生分頭確認了起來。

這段時間，今日子小姐優雅地喝著咖啡……然而結果卻不如人意。把所有的系列作品都分開來看過了，並不覺得有刻意集中在哪一個月。只有那套「名偵探芽衣子」系列發行的日子全都集中在偶數月，但那是發行日期間隔拉不開，每隔一個月就上架的少年少女小說必然的現象……說是刻意也算是刻意，但與其說是作家刻意，不如說是出版社刻意為之的。

「掟上小姐，我接下來還有會要開，沒什麼時間……」

紺藤先生一臉別再浪費大家時間的模樣輕聲抱怨著，但今日子小姐事不關己地以一句「抱歉，因為我很喜歡男人認真的模樣」擋了回來。

「那麼，雖然有些冒失，但我就直話直說了……重點在於按系列作品分門別類之後，最後剩下的作品。」

「……最後剩下的作品？」

「就是那六本不屬於任何系列的作品啊！」

在她的提點下，我又重新看了一下那張列表……果然是看漏了。剛才雖然仔細分析過每個系列的發行日，但卻沒有注意到非系列的作品。把圈圈外的東西兜起來，又是一個小圈圈。

六本獨立的小說。

從出道作品《水底殺人》到第八年發行的《僧人獻雞》，接著是……

「啊！」

這六本作品都是在二月上市的。

6

這……這是怎麼回事？

說一秒鐘固然是太誇張了，但這的確是只要看到清單，就能明白的共通點。正因為把那一百本著作、四十五年的作家資歷、風格啊寫作型態全部過濾掉，只剩下單純的條列式出版訊息，才能看出的共通點。

當然，也可以當作只是純粹的偶然，只是六本書發行的時間剛好集中在同一個月。問題是，如果只有兩本、三本重疊到同一個月去也就罷了……六本書？單純地計算一下，十二分之一乘以六……不對，計算比例毫無意義，很顯然這是刻意調整的結果。

……這麼說來，上次的尋寶遊戲。

聽說大作家在遊戲中會一直給提示，直到編輯找到書稿為止，但是聽說也有找不到的結果。即使是極少見的例外，站在出版社的立場上，這可不是鬧著玩的。該不會須永老師是利用這種方式，在微調作品發行的日期……？

為什麼都沒有人注意到這麼顯而易見的事實呢……不，我也是聽今日子小姐說了之後才想到的，不然誰會注意到這麼大的機關？而且是花了四十五年的歲月，藏在九十九本書裡……規模不可同日而語，不只，是時代不可同日而語了。現在只要用數位資料庫，便可以輕易地進行統計吧！但這位偉大作家寫作的資歷，早在電腦建檔之前就已經開始活動了，可謂淵源流長。

所以——那又怎樣？

不，等一下。結論跳得太快了。這只是把想到的全部串連在一起而已——我看著今日子小姐，說是瞪著她也不為過，今日子小姐坦然地承受了我那銳利的視線，然後不當一回事地說了：「如果我猜得沒錯，這部最新作品——非系列作品的最新作品《Home Sweet Corn》出版發行的日子，應該是明年的一月吧？」

發行日。

對了，「昨天的今日子小姐」也注意到這一點，還把對於遺稿發行日的疑問寫在左腳上，算是極為有力的假設，只是假設未免也太多了，還沒來得及驗證到這個假設。例如「須永老師的作品裡沒有出現過自殺的人」這一點，也必須看完所有的作品，才能確認。假設再有力，沒有看完一百本，假設還是無從證明。然而，今天的今日子小姐打從一開始就沒掌握到什麼線索，所以才能這麼簡單地，將焦點集中在一個假設上。

紺藤先生也同意她的假設。

我剛才問過他了——可能會提前的出版日原本預定為明年二月。

「原本在來到作創社，問了小中先生以前，我也忘了委託的內容……但是，看到掉在浴室裡的這張清單，總覺得哪裡奇怪，只有非系列作品的小說集中在某個月出版。幸虧我看過這些非系列作品的其中一半，還記得內容，然後又在來作創社路上的書店買了剩下的一半拜讀，還好沒有絕版。再加上剛才請小中先生讓我看了須永老師的遺稿，終於導出結論。」

包含遺稿在內一共有四本，她居然一下子就讀完了。

今日子小姐是這麼說的——四本書也不是馬上就可以讀完的分量吧！不過和閱讀上百本書比起來，耗費的體力可說是天壤之別。結果根本不用重新閱讀已經看過的作品嘛……

「……乍看之下這七本書雖然是非系列作品，但其實都有一個共同的主題，構成一個明確的系列喔！」

「……我怎麼不這麼覺得啊。」

紺藤先生慎重地回答。畢竟那張清單是他製作的，卻未注意到這個共同點的慚愧讓他這句話說得有些心虛……儘管如此，身為以前與須永老師有過數面之緣的編輯，該說的還是不能不說。

「這七部作品不只主人翁和主要登場人物不同，主題和類型看起來也都完全不一樣……」

「你說得沒錯。我如果不是從特定的角度去看這七部作品，也看不出門道吧。因為這七部作品的共通點是配角。」

今日子小姐把袖子捲起來，「咚！」地一聲將自己的左手臂擱在桌上——

以迅雷不及掩耳的速度用拿在右手的油性細字筆在自己的皮膚上寫下以下文字：「第一部作品《水底殺人》有一位少女出現在主角妹妹的班上。書中並未特別提及這位少女，就連名字也沒有，在設定上只是友人之一。」

「……有這麼一號人物嗎？」

見紺藤先生側著頭回想，今日子小姐緩頰：「你不記得也是情有可原——因為她真的沒有任何表現，不僅台詞很少，講的也都是一些家常話。若真有什麼線索，頂多只有暗示學號和主角的妹妹很接近，姓氏是M開頭的學生。」

「然後在繼《水底殺人》相隔七年後發行的非系列作品第二彈《僧人獻雞》裡，以一名年輕女性，同時也是凶殺案的目擊證人登場。這時也只點出『桃田』這個姓氏，依舊沒有明確的描寫——因為只是目擊證人，不是『真正的犯人』，後來也沒有賦予她什麼重要的作用。」

「……」

「九年後的二月發行的非系列小說第三部作品《天使路過的人生》裡，身為女警的主角有個筆友姓『桑田』，連性別也沒有提到，跟案件也毫無瓜葛，就只是主角商量的對象而已。在隔年二月發行的非系列小說第四彈《僵持不下的殺人》裡，主角是名偵探，在旅行的目的地向一位名叫『朝美』的主婦問路。在九年後的二月發行的非系列小說第五部作品《踢水俱樂部》裡，有位人稱『櫃台阿姨』的角色登場，然後在七年後的非系列小說第六彈《黃綠少年》裡，主角的孩子們讓座給一位上了年紀，自稱『阿朝』的女人——最後是明年二月即將發行，時隔十二年的非系列作品，既是遺稿，同時也是最新力作的《Home Sweet Corn》，出現了一位把玉米分給主角一家的農家老婆婆。」

今日子小姐的左手臂寫滿了——關於分別出現在非系列作品裡的那七名「配角」的描述。

「你是說那七個人……都是同一個人嗎？」

「這個想法是最合乎邏輯的。」今日子小姐回答紺藤先生的疑問。「主要是年齡。第一本書裡的女學生是少女，八年後的第二本書成長為年輕女性，九年後、十年後的第三、四本書裡已經三十出頭……然後又過了九年，在第五本書裡成了四十多歲的『阿姨』，在又過了七年後的第六本書裡則是五十好幾的半老婦人……十二年後終於成了六十多歲的老婆婆。」

太令人驚歎。

透過今日子小姐的手臂，感覺看見人的一生——就連讀者也不曾多加留意的一個過場人物，就這樣在非系列作品中度過了一生嗎？作為一個完全不起眼，任誰也不會注意到的配角嗎？

如果這是事實，那的確是要把這七本書挑出來，而且按照出版順序來看才能推敲出來的事實——雖說最後半途而廢，但是起初堅持要照出版順序閱讀的今日子小姐，身為偵探所掌握到的方向的確沒錯。

「我可以理解把『朝美』和『阿朝』視為同一個人物的推斷，但是掟上小姐，要說七個人全都是同一個人物還是有點勉強吧？光是『桃田』和『桑田』的姓氏就不一樣了。」

「我想那是因為她結婚了。」

今日子小姐絲毫不把紺藤先生的反駁當一回事。

「作為故事的配角，她沒出過什麼大岔子，只是交朋友、結婚、工作、走入家庭、生兒育女……活在須永老師的作品中長達四十五年。這個人在嫁人以前就叫作桃田朝美。」

「……假設真是如此，我也不懂其中的用意。須永老師為何要讓這樣的配角一直出現在非系列作品的六本書，不，是七本書——七本小說裡？簡直就像請明星客串演出——重點是根本沒人知道桃田朝美是誰。」

「關於這點就是我的工作了。接下來與其說是名偵探的推理，不如說是偵探平常在現實生活中的一般業務——也就是尋人、徵信，找出出現在須永老師生命中，那位名叫桃田朝美的人。」

當然也多虧有小中先生的協助——今日子小姐補充說道。

「不到三十分鐘就找到了。那是須永老師在十七歲的時候，住在附近，和他一樣大的女子。聽說他們已經互許終身，但那名女子卻自殺了。」

詳細的原因我不清楚——今日子小姐以公事公辦的口吻說道。自殺——到底發生什麼事了？雖然不清楚發生什麼事，但是也可以想像得出來……或許今日子小姐連這點都知道了，只是不想說破而已。也可能是故意停止調查，不再追究下去。

須永老師的作品不曾出現過自殺二字。

是因為——十幾歲年輕時的愛人選擇了那樣的死法嗎？

「那、那麼……之所以集中在二月，是因為那位桃田女士——是在二月去世的嗎？」

「不是，是生辰。聽說她是二月出生的——不過，若說須永老師之所以成為小說家的理由，是為了讓已死的桃田女士繼續在小說裡活下去的話，聽起來雖然很浪漫，但是就連我也覺得過於牽強。肯定還有很多其他的原因，讓他立志成為小說家，不過相信這應該也是原因之一。如果不把這點也推理進去，同樣過於牽強。」

讓已死的人繼續活在小說裡……

若是平常聽到這句話，可能會一笑置之；或者是那種經常聽人說把朋友寫進小說裡的事，聽聽也就算了。

然而，唯獨這個推理，我無法一笑置之，也不能聽聽就算。原因就是須永老師將這位曾經是桃田朝美的女性寫成了不起眼的配角。在像小說高潮迭起的世界觀中，刻意讓她以配角的身分——連名字也不會出現在出場人物表上的配角，過完平凡且循規蹈矩的一生。讓她結婚，成家立業——如此一般的幸福，衝擊反而更大。

把如此一般的人描寫得如此平凡。

太令人驚豔了。

今日子小姐肯定也有同樣的感覺吧——所以她的感想變了。

對須永老師的評價，我第一次和今日子小姐達成共識——太令人驚豔了。

「原來不是什麼中場休息。對須永老師而言，或許這個非系列作品的系列，才是他唯一為自己寫的小說。沒有任何人注意到，他也沒告訴任何人，把只屬於自己的寶物埋在多如繁星的作品裡。那是須永昼兵衛用寫作生涯規畫的尋寶遊戲。只可惜，除了出道作品《水底殺人》，其他的作品似乎都賣不好，讀者的評價也不高……不過須永老師大概覺得這部系列作品就算賣不好也無所謂吧。」

「……那麼，掟上小姐，最重要的一點……假設你的推理是正確的，又為何能成為須永先生的死不是自殺的理由呢？」

「欸？我反倒要問你為什麼還不明白了。紺藤先生，你應該已經讀過這部《Home Sweet Corn》吧？」

今日子小姐彷彿真的非常意外地露出驚訝的表情，整理一下衣袖——一副解謎和證明早已告一段落的模樣。

「在這部作品中，種玉米的農家老婆婆還精神矍鑠、老當益壯喔……如果要描寫一個人的人生，總要描寫到最後一刻，才算是完整的人生吧！既然如此，這第七本非系列作品就還不是完結篇——還沒有描寫出這位名叫桃田朝美的女性平凡但是壽終正寢的畫面，已經面對生命這個議題長達四十五年的須永老師怎麼可能擅自結束自己的生命？」

7

這件事的確可以有各式各樣的解讀，退一百步，即使認同今日子小姐的推理，但人類的心理是瞬息萬變的——冷不防意志突然變得薄弱，覺得什麼都無所謂了，拋開一直持續到現在的習慣，衝動地選擇死亡也不是不可能吧。只要真要說的話，以前愛過的人因自殺而死，對須永老師造成陰影，所以須永老師不可能選擇自殺的論述還比較容易讓人接受——事到如今，已經無從得知須永老師真實的想法了，一切都只不過是推測。是故還是無法否定今日子小姐身為須永老師的書迷，自然對他比較偏心，才會做出這樣的推理。

正因為如此，姑且不論今日子小姐的推理是否為真，容我只陳述接下來發生的事實——在那之後，並未公布須永老師的死亡是因為自殺，只說那天晚上的確不小心服用了比平常多一點的安眠藥，但此事與這位偉大作家的死亡毫無關係。然後紺藤先生又從原本無權過問的立場說服小中先生和業務單位的人，不要提早須永老師的最新作品——同時也是最後一部作品發行的日期，而是照原本的計畫於明年二月上市。不過這麼理想的結局已經是很久很久以後的事了。今天的我們因為時間到了，在作創社的員工餐廳原地解散——紺藤先生接下來也還有會議要開。

「隱館先生，可以請你送我回事務所嗎？」

離開作創社的時候，今日子小姐這麼對我說。又還沒三更半夜，我也沒開車來，這實在是很奇怪的要求，但我也沒有拒絕的道理。

反而我個人的問題接下來才是重頭戲——接下來才要解開謎團，進行審判。

轉了幾趟公車，抵達置手紙偵探事務所的所在地掟上公館，今日子小姐讓我一路送她進會客室——如今我對這個房間可以說是瞭若指掌。

「隱館先生，讓我們來聊一些成熟大人的話題吧！」

今日子小姐將親手沖泡的咖啡放在桌上，笑容可掬地說——令人備感壓力的笑容。

「你有話想對我說嗎？」

「想說的話是有……在那之前，我有點事想問你。」

我在她的催促下說道——已經做好心理準備了。

「紺藤先生製作的須永老師著作列表……你說那個掉在浴室裡應該是騙人的吧！我回想了好幾遍，都不覺得自己會犯下那樣的錯誤。我明明已經那麼小心了。」

「沒錯，是騙人的。」

今日子小姐的回答一點也沒有不好意思的樣子。

「為什麼要說那種謊？紺藤先生都愣住了。」

「那是故意說給紺藤先生聽的。我見他對隱館先生來說好像是很重要的朋友，所以不想讓你在他面前丟臉。你也不希望他知道你照顧裸體的我這件事吧？」

「……」

她知道這件事——她記得這件事。

我並不覺得驚訝，她大概中途就醒了。其實仔細想想就知道了，無論她這個名偵探再怎麼厲害，也不可能光看到那張清單就能摸索到真相。就奧坎簡化論而言，那張清單裡的訊息也太多了。不可能光從那麼無機質的清單就能找出答案。

但若是有足以指引方向的線索——那又另當別論了。

沒錯，在別墅尋寶的時候也一樣，只要有足以指引方向的線索——像是寫在左腳的大腿上……

「……所以到底是怎麼一回事呢？我只知道清單不可能掉在浴室，也知道你其實記得我，只是故意裝作不認識的樣子，但我還是完全搞不清楚狀況。在我將線索從你身上擦掉以前，你就已經醒了……是不是這樣？」

「是的。」

今日子小姐承認的態度爽快得令我目瞪口呆。

「具體來說，大概是你在浴室裡將我打橫抱起時，我就已經醒來了。」

那不是馬上就醒了嗎？

果然如此，我就想說再怎麼累，未免也睡得太熟了……因為四個晚上沒睡覺，我才不以為意。但是仔細想想，縱然淋了幾個小時的冷水，但今日子小姐也同時睡了好一陣子……

「你可能不知道，我這個人比較短眠，肉體的疲勞姑且不論，精神上的疲勞只要睡上幾個小時就能消除了。」

這我的確不知道——不，這可能是今日子小姐身為忘卻偵探的「殺手鐧」。我完全被她玩弄於股掌之間。

「嗯？可是就算只有幾個小時，你還是睡著了，那麼記憶……」

「沒錯，整個被重置了。所以當我恢復意識的時候，完全搞不清楚狀況，可以說是混亂到極點。所以只好閉上眼睛，假裝睡著。」

這可不是混亂到極點的人類會有的判斷力——一覺醒來，不僅失去記憶，還衣不蔽體地被一個虎背熊腰的壯漢抱在懷裡。在這種情況竟然敢閉上眼睛裝睡……心臟未免也太大顆了。

「真不可思議……」

我正想說些什麼，今日子小姐卻從沙發上站了起來。彼此的杯子裡都還剩下很多咖啡，還想說她上哪兒去呢！只見她拿了廚房用清潔劑和紙巾回來，將那些東西交給我。

「我這個也能麻煩你處理一下嗎？因為是機密情報，所以也得擦乾淨才行。」

今日子小姐說著說著，挽起衣袖，露出左手臂上關於婚前姓桃田的朝美女士在那七本書裡的描寫。我沒有拒絕的理由，只能像擦藥般輕手輕腳地把油性筆的筆跡從今日子小姐的手臂上擦掉……像我昨晚做的那樣。

「也就是說……你趁我像你剛才那樣，離開寢室去拿廚房用品的時候，看到寫在自己左腳的提示了。」

「不只是提示，還有寫在肚子上關於我自己的文字，連用寫在左手臂的工作內容和寫在右手臂的誓約書……也依此推測出寫在小腹的巨人指的就是你。」

所以在我手忙腳亂地擦掉那些字以前，今日子小姐早就已經看過那些線索了……我真的不曉得該說什麼才好了。

「光是那些其實還不足以了解全貌，是後來隱館先生為了把毛巾丟進洗衣籃去浴室的時候，我從放在會客室裡的紙箱裡拿出那張和須永老師的大量作品放在一起的著作列表。」

今日子小姐繼續解釋，她其實是想找那份「尚未發表的原稿」，只是運氣不好，那份原稿貌似放在另一個紙箱裡，來不及看到。

「因為隱館先生比想像中還早回來，我只來得及從紙箱裡抽出一張不曉得是幹嘛用的紙……趕緊鑽進被窩裡。」

我還以為是她的睡相太差，原來是這麼回事啊！

問題是，當我擦拭她的身體、為她穿上內衣和睡衣的時候，她還是不為所動地繼續假睡……從客觀的角度來看，那到底是什麼亂七八糟的畫面啊。

「等隱館先生回去以後，我將這些線索和列表兩相對照，答案差不多就呼之欲出了——接下來就像我在紺藤先生面前說的那樣。唯一與事實不符的是，隱館先生可能已經堵住紺藤先生的嘴，所以我一開始就打算問小中先生。」

「……既然你已經看穿一切了，為什麼不當場阻止我呢？這麼一來，我不就真成了一個笨蛋嗎？」

我把自己幹的好事擱在一旁，語帶責備地質問她。今日子小姐以「其實我只是錯失了停止假裝睡著的時機」為由回答。

「我喜歡看男人認真的模樣——而且只要繼續裝睡，就能確保自己的安全。」

這麼說倒也沒錯——即使身上留有那些訊息，我也可能只是區區一介暴漢。這麼說來，趁我走開的時候在紙箱裡東翻西翻的今日子小姐也算是膽大包天了。

「……對不起，我沒有惡意。只是在當時，我認為這樣是最好的作法。但那也只是我的一廂情願，自以為可以為今日子小姐做些什麼……」

「別這麼說，我請你來，不是要你道歉的。被你看到我的裸體固然是很丟臉的事，但反正一覺醒來就會忘記了。」

我終於說出賠罪的話語，但今日子小姐滿不在乎地回答。

「而且我不是說過嗎？這件事是託隱館先生的福才能解決的。就結果論來說，因為隱館先生把須永老師所有的著作都帶回去了，我才能歸結出一個假設。關於這件事，我對你真是感激不盡，只是……」

今日子小姐又站了起來，這次走向與廚房相反的方向——即寢室的方向，對還坐在沙發上的我說：「請跟我來。」

「呃……可以嗎？你不是說絕對不可以進去……」

「那是昨天的我說的吧？而且你已經進來過好幾次了不是嗎？」

今日子小姐打開寢室的燈，走到床邊，回頭面向我，指著天花板上——雜亂無章地寫在上頭的文字。

從今天開始你就是掟上今日子。

請以偵探的身分活下去。

「我之所以請隱館先生來，是為了要堵住你的嘴。你該不會已經把這個天花板上的字告訴其他人了吧？」

「怎、怎麼可能。」

始終笑臉迎人的今日子小姐，唯獨這時繃緊了臉部肌肉，露出嚴肅的神情。我不知所措地據實以告。天花板的事我連紺藤先生也沒說——因為我不曉得該怎麼說。

「可、可是這是怎麼回事？那些字是誰寫的？」

「不知道，或許我就是想知道這些字是誰寫的才當偵探。我想知道誰是要我當偵探的『犯人』。」

「……」

「不過啊，我倒覺得這份工作挺適合我的。昨晚隱館先生離開寢室的時候，我看到寫在身體上的文字前，就先看到天花板上的文字——當我想起自己是掟上今日子的時候，一切就像咬合的齒輪，覺得這一切都挺適合我的。即使失去記憶，只要有這個名字，我就覺得自己可以活下去。」

要是如此，這天花板文字的存在與意義將遠比我想的還要盤根錯節——

首先這是用油漆寫的，光用廚房清潔劑是無法擦掉的，也不是說擦就擦的吧！而且這也是為了找出讓今日子小姐當偵探的「犯人」之重要線索……

「因此，我希望你不要告訴別人這件事。一個偵探是因為聽從謎樣人物的指示才成了偵探這種事如果曝光，可是會影響事務所商譽的。」

至此，今日子小姐終於露出進寢室之後首次展現的笑容——一如往常的業務用笑容。

就僅是溫和而穩重的笑容。

「好的，我答應你，不會告訴任何人……今日子小姐。」

「是，有什麼事嗎？」

「我也有件事想拜託你。」

「哦？是新的工作委託嗎？還希望能改天再跟我說。結果我從那時一直醒到現在，就算我是短眠型的人，也實在是睡眠不足了。而這次的事也讓我得到教訓了，不，就算得到教訓我也會忘記——」

「我這次對你做的事、對你的種種背叛與不忠實，我都很後悔。請讓我跟你道歉！能請你原諒我嗎？」

今日子小姐聽到這，錯愕地眨了眨眼——像是在訴說「這件事不是已經結束了嗎」一般

「哎呀！我不是說你不用放在心上嗎？而且沒什麼原諒不原諒的，到了明天我就……」

「我……」

我希望今天的今日子小姐能夠原諒我。

我說完這句話，誠心誠意地低下頭去——我到底在說什麼傻話，我只不過想自己落得輕鬆而已吧？

只是，我一直很後悔。

我一直很後悔在須永老師的別墅前，就那樣與今日子小姐在尷尬氣氛中道別的事……正因為今日子小姐只有今天，所以才更應該要在今天結束之前跟她和好。不管是要道歉，還是求原諒，都要趁今天完成。我想在她忘記之前跟她和好。即使我們的關係根本不會持續到明天。

「要是今天的今日子小姐不肯原諒我，我就無法再向明天的今日子小姐求助了。我不要那樣。就算你忘了，我也還記得。」

我希望以後還能得到今日子小姐的幫助。

「奇妙的是……我其實沒那麼害怕。」

今日子小姐對著一直把頭壓得低低的我說道。看樣子，她是要繼續剛才在會客室裡對我說到一半的話。

「當我在隱館先生懷裡醒來的時候、你把我放在這張床上的時候、把我身上的字擦掉的時候都是。該怎麼說呢？我反而很放心，覺得應該可以把自己交給這個人——剛才我雖然說是錯失了停止裝睡的時機，但其實是在向隱館先生撒嬌吧。」

「撒……撒嬌？」

「我的記憶每天都會重置，但那是『腦』的問題，我的身體並不理會我的心，每天都在繼續前進……經年累月不斷地變化，可是那又終將影響我的精神。昨天的我和今天的我絕不是同一個人。我想說的是，簡單地說——就是身體會記得經歷過的事。我之所以能放心地、毫無防備地將自己交給隱館先生，想必是因為隱館先生一直溫柔地對待我吧！就像這次這件事，不用紺藤先生告訴我，我也知道你是為我著想。」

所以請你把頭抬起來。

今日子小姐說道。

「我原諒你。所以將來如果還有我幫得上忙的地方，請千萬不要客氣，歡迎來置手紙偵探事務所……這樣可以了嗎？」

「……好的，謝謝你。」

我好高興。

不只是因為得到她的原諒——而是得知至今我和今日子小姐建立的無數次關係、建立了又被她忘記的無數次關係絕非白費功夫，讓我好高興。

無論被她忘記過多少次，就算每次見面都要重新來過——都是有意義的。

「那麼就握手言和吧！」

今日子小姐說著，對聲音顫抖的我伸出右手——我連忙握住她的手，卻同時被拉了過去。力道雖然不大，但來得太過意外，讓我重心不穩。

「怎……怎麼了？今日子小姐。」

「沒什麼……不過隱館先生，你以為這樣說，我就會平白無故地原諒你嗎？」

今日子小姐緊緊地握住我的手不放。

語氣聽起來像是開玩笑，但眼神是認真的。今日子小姐果然是半點虧也不肯吃……當然我也不是抱著隨便的覺悟賠罪的，於是說：「好、好的。我什麼都答應你。雖然做過的事已經無法挽回，但只要我辦得到的，我什麼都願意做。」

「那……」今日子小姐用左手的食指指著我的胸口——風情萬種地嫣然一笑。

「就讓我看一下隱館先生的裸體吧！」

（來生再見了，今日子小姐——忘卻）

附記

聽說笑井室長幫岐阜部小姐的母親介紹了很好的眼科醫生——因為是年紀大所引起的視力衰退，即使用上現代醫療的最新技術，改善的程度也還是有限，但或許可以維持住目前的視力。聽來雖然有些意外，但也不是說笑井室長「其實是個好人」——像我這種人實在無法揣度天才的心思。

當紅暢銷漫畫家里井老師在那之後的工作也順風順水——說些不相干的，今日子小姐那身為女性而非偵探的直覺似乎沒錯，聽說前陣子老師她真的向紺藤先生求婚了。說是如果累計銷量加起來超過兩千萬本，請跟我結婚——之類。紺藤先生似乎把它當成是小丫頭的玩笑話，但是誰曉得結果會如何呢？

多虧紺藤先生的斡旋，須永老師的遺稿在隔年二月順利上市了——雖然以「須永昼兵衛最後之作」為題大打宣傳，遺憾的是銷售似乎不怎麼理想。或許是因為屬於非系列作品群造成的。假若附上桃田朝美女士的事寫成扣人心弦的文案，銷售量應該不只這樣，但是編輯部沒這麼做，可能是為了尊重已故偉大作家的遺志，也可能是行銷部門判斷無法用那樣證據薄弱的推理結果來做宣傳也說不定。順帶一提，正式的書名是《玉米梗》。雖然《Home Sweet Corn》作為書名也不錯，但就算是給熬了四個晚上沒睡覺的那位辛苦的今日子小姐作為慰勞吧。須永老師應該也不會反對。

至於我，隱館厄介……實不相瞞，現在還在找工作——也還找不到工作。已經很久不曾這麼長時間都找不到工作——真是的，現在的景氣也太差了。一直寫履歷表也實在灰心，所以最近開始利用空閒寫一些自娛娛人的文章。我想試著把至今曾無端被捲入的種種事件，好好整理記錄。不，我並不是要說自己被須永昼兵衛感化——當然也不是怎樣都找不到工作，所以立志要成為小說家什麼的。何況我的體驗談，幾乎都是些無法攤在社會大眾眼前的悽慘恐怖案件，所以我也不打算公諸於世，頂多就是作為個人興趣。只是想若是好好留下紀錄，將來或許能用來分析傾向和擬訂對策——就算沒能如預期發揮效用，有朝一日總會派上用場吧。

因為才剛開始寫沒多久，或許之後寫到一半就心生厭倦半途而廢了，不過第一本的書名倒是已經決定好了。

《掟上今日子的備忘錄》。

想必會是一本永生難忘的書。

寫在最後

如果說任何人都會這麼想，還真有可能任何人都曾經想過：要是能自由控制記憶就好了。換句話說，若能依自己的心意自由選擇想要記住和想要忘記的事，那該有多好。不，好或不好誰也不確定，但如果能只記住快樂和開心的事，忘記討厭和不開心的事，我總覺得就能維持精神上的健全。人生在世，必須要有適度的壓力，克服困難才能在精神上有所成長，但討厭的事還是討厭。最好是承受適度的壓力，克服困難，在精神上有所成長後，就把那些經驗忘得一乾二淨。其實這種想法並非紙上空談，像「那些忘記努力過的事、擁有好脾氣的天才」都是這樣，而且意外不少。他們會經過超乎想像、打落牙齒和血吞的努力，然後徹底忘掉那個過程，再自認「我這個人真是天賦異秉啊！」真不曉得這到底是謙虛，還是傲慢哪。不過姑且先不論這種人，一旦我們真的能控制記憶，換言之，必須面對該怎麼選擇取捨體驗和接觸到的故事的時候，我很懷疑人是否能做出正確的判斷？應該說，要判斷記得哪一段記憶比較有利、哪一段記憶又該遺忘是不可能的任務吧？……會不會其實這樣的思考實驗，在昨天早已進行過，只是忘了而已？

本書是忘卻偵探的事件簿——我不確定內容到底是兜了一大圈又回到原點，還是踏出新的一步，但我自己覺得這可能是寫過物語系列和傳説系列，才寫得出來的推理小説吧。每天的記憶都會重置，所以才能嚴格遵守保密義務，任何案件都在一天內解決的忘卻偵探——再加上「一直」無端被捲入風波，三天兩頭蒙上不白之冤的失業魯蛇。經常被捲入風波的厄介真的好慘，但是託他的福，才能找來今日子小姐，應該是不幸中的大幸吧？畢竟辛酸與快樂的記憶總是一體兩面。希望這個系列的結局不會變成「為了找來今日子小姐，厄介終於染指犯罪了」……大概是這種感覺，不，不會是這種感覺，但這就是忘卻偵探系列的第一作《掟上今日子的備忘錄》。

繼物語系列以後，繼續請VOFAN繪製封面插圖。今日子小姐真是美麗無雙，謝謝你。我想厄介最近就會寫出第二本書了，以後也請繼續支持置手紙偵探事務所。

西尾維新

娛樂系 010

掟上今日子的備忘錄

作者 西尾維新
譯者 緋華璃
責任編輯 戴偉傑 林依俐
封面繪圖 VOFAN
封面設計 Veia
版型設計 POULENC
內文排版 高嫻霖
發行人 林依俐
出版 青空文化有限公司
台北市100中正區忠孝西路一段50號22樓之14
讀者服務信箱：service@sky-highpress.com
總經銷 大和書報圖書股份有限公司
電話：02-8990-2588
印刷 前進彩藝有限公司
出版日期 2016年1月 初版一刷
2020年8月 初版十刷
定價 280元
ISBN 978-986-92263-3-2

《OKITEGAMI KYOKO NO BIBOUROKU》
© NISIOISIN 2014
All rights reserved.
Original Japanese edition published by KODANSHA LTD.
Complex Chinese publishing rights arranged with KODANSHA LTD.

本書由日本講談社授權青空文化有限公司發行繁體字中文版，版權所有，
未經書面同意，不得以任何方式作全面或局部翻印、仿製或轉載。

國家圖書館出版品預行編目(CIP)資料

掟上今日子的備忘錄 / 西尾維新著；緋華璃譯.
-- 初版. -- 臺北市：青空文化, 2016.02
392面； 10.5 x 14.8公分. -- (娛樂系；10)
譯自：掟上今日子の備忘録
ISBN 978-986-92263-3-2(平裝)
861.57 104028975